최소한의 이웃

최소한의 이웃

1판 1쇄 발행 2022. 8. 22.
1판 8쇄 발행 2022. 9. 14.

지은이 허지웅

발행인 고세규
편집 김성태 디자인 박주희 마케팅 김새로미 홍보 이혜진
발행처 김영사
등록 1979년 5월 17일 (제406-2003-036호)
주소 경기도 파주시 문발로 197(문발동) 우편번호 10881
전화 마케팅부 031)955-3100, 편집부 031)955-3200 | 팩스 031)955-3111

값은 뒤표지에 있습니다.
ISBN 978-89-349-4240-5 03810

홈페이지 www.gimmyoung.com   블로그 blog.naver.com/gybook
인스타그램 instagram.com/gimmyoung   이메일 bestbook@gimmyoung.com

좋은 독자가 좋은 책을 만듭니다.
김영사는 독자 여러분의 의견에 항상 귀 기울이고 있습니다.

최소한의 이웃

허지웅 산문집

김영사

서로가 서로를 구원해줄 전능한 힘 같은 건 없지만,
적어도 비참하게 만들지 않을 힘 정도는 가지고 있기 때문입니다.

작가의 말

팬데믹이 시작할 때 즈음 희망을 품었습니다. 나쁜 것만은 아니다. 남이 아프면 나도 아프고 내가 조심해야 남도 안전할 수 있다는 것. 모든 개인사는 타인의 삶과 맞닿아 있다는 것. 그렇게 우리는 어쩔 수 없는 운명 공동체라는 걸 학습할 수 있는 기회라 생각했습니다. 이제 와 돌아보면 순진했던 것 같습니다. 사람과 사람 사이 벽은 더 높아졌고 두꺼워졌습니다. 평정이 사라진 자리에는 조급함과 피해의식이 빼곡하게 자라났습니다. 남 탓으로 가득한 공기에서 희망을 찾기란 요원해 보입니다.

우리는 이웃과 화해할 수 있을까요. 내가 타인에게 바라는 이웃의 모습으로 그들에게 먼저 다가갈 수 있을까요. 이웃의 등급을 나누고 자격을 따질 시간에 서로 돕는 일을 시작할 수 있을까요. 더불어 살아간다는 일의 고단함을 체념이 아닌 용기와 지혜로 끌어안을 수 있을까요. 그런 의문들이 목구멍까지 차올랐을 때 첫 번째 문장을 떠올렸습니다.

코로나19의 살풍경이 시작될 때 첫 장을 열었고 거리 두기가 중단될 때 마지막 장을 닫았습니다.

이웃을 향한 분노와 불신을 거두고 나 또한 최소한의 이웃이 될 수 있는 길을 모색하기 위해 책을 펴냅니다.

2022년 8월
허지웅

차
례

힘내라는 말을 들을 때면 생각합니다. 더 이상 끌어모을 힘이 남아 있지 않아 주저앉고 싶었으나 안간힘을 다해 다시 일어나 밥벌이에 나섰던. 힘겨운 반복 안에서 끝내 스스로를 증명할 수 있었던 누군가가 진심을 다해 그 힘과 운을 타인에게 빌어주고자 하는 마음을 말입니다.

두 사람의 삶만큼
넓어지는 일

혼자 있을 때는 휘파람을 붑니다. 옆에 누가 있을 때는 불지 않습니다. 혼자 있거나 혼자 있는 것처럼 마음을 편하게 해주는 사람이 있을 때만 붑니다. 그래서 제 휘파람을 좋아하는 사람은 모두 제가 사랑하는 사람들입니다.

병에 걸린 이후 휘파람을 더 이상 불 수 없다는 걸 발견했습니다. 왜 내가 그런 병에 걸려야 했던 건지 알 수 없는 것처럼 휘파람을 갑자기 불 수 없게 된 이유 또한 알 수 없었습니다. 치료가 끝난 이후 휘파람을 다시 불어보려 몇 번을 다시 애써보았습니다. 하지만 거짓말처럼 나오지 않았습니다. 뭔가를 영영 잃어버린 기분이 들어 슬펐습니다.

어제 영화를 보다가 익숙한 소리를 들었습니다. 제 휘파람 소리였습니다. 제가 영화에 나오는 노래를 휘파람으로 따라 부르고 있다는 걸 깨달았습니다. 혹시나 싶어 아침에 일어나 침대 맡에서 다시 불어보았습니다. 여전히 잘 나옵니다.

왜 아팠던 건지, 왜 휘파람을 불 수 없었던 건지, 그런데 왜 갑자기 다시 불 수 있게 된 건지 저는 알지 못합니다. 다만 이제는 세상에 애초 이유가 존재하지 않는 일들이 훨씬 더 많다는 걸, 그래서 규명할 수 없는 것에 매달려 있기보다 다음 일을 모색하는 게 언제나 더 현명한 일이라는 걸 압니다.

사랑하는 사람들에게 다시 휘파람을 불어줄 수 있어서 다행입니다.

춥고 눈이 내린 어느 날 작은 시골 기차 역에 할머니가 홀로 앉아 꾸벅꾸벅 졸고 있습니다. 기차가 도착하는 소리가 들리자 할머니는 황급하게 몸을 일으켰습니다. 그리고 기차에 올라타 자리를 찾아 앉았습니다. 잠시 후 할머니가 당황하기 시작했습니다. 장갑이 한 짝밖에 보이지 않는 겁니다.

기차가 움직이기 시작했고, 할머니는 그제야 다른 한 짝을 역에 두고 왔다는 걸 깨달았습니다. 간디의 신발 한 짝 이야기가 떠올랐습니다. 할머니는 망설이지 않고 쥐고 있던 나머지 장갑 한 짝을 창문 밖으로 던졌습니다. 그리고 누군가가 장갑 한 짝이 아닌 한 켤레를 모두 찾아 요긴하게 쓰길 기도했습니다.

선로를 정리하던 역무원이 장갑 한 짝을 찾았습니다. 역 안으로 돌아와 장갑을 버리려던 역무원은 할머니가 앉아 있던 자리에서 똑같이 생긴 장갑 한 짝을 발견했습니다. 역무원은 장갑 한 켤레를 잘 포개어 선반 위에 올려 두었습니다. 그리고 누군가 꼭 필요한 사람이 가져다 쓰면 좋겠다고 생각했습니다.

잠시 후 역 안으로 뛰어 들어온 소년이 꽁꽁 언 손을 녹이려고 난로를 찾았습니다. 그러다 선반 위의 장갑에 눈길이 닿았습니다. 소년은 주변을 두리번거리며 선반으로 다가가 장갑을 손에 끼었습니다. 장갑은 따뜻했고 소년은 행복했습니다.

우연히 친구에게 이끌려 들어간 식당에는 이름이 없었습니다. 본관 건물과 사회교육원을 지나 작은 쪽문을 통과하고 비탈진 고갯길을 내려가다 보면 오른편에 식당이 있었습니다. 보통의 메뉴와 보통의 식기들로 가득 찬 작고 허름한 식당입니다. 제육덮밥은 크고 깊은 그릇에 밥과 고기가 함께 담겨 나왔습니다. 북북 썬 상추가 고명으로 올라가 있고 고기는 얇지 않았습니다. 이후로 식당을 자주 찾았습니다. 친구와도 가고 혼자도 갔습니다. 사투리를 쓰는 아주머니는 내 얼굴을 볼 때마다 집 나간 자식이 돌아온 듯 기뻐했습니다. 배가 고픈데 돈이 모자라면 정수기에서 물을 떠다 마시며 아주머니와 제육덮밥을 그리워했습니다. 어느 날 아주머니가 점심 식사 시간이 바쁘니 한 시간씩 일을 도와달라 했습니다. 대신 밥은 아무 때나 와서 그냥 먹어도 된다고 덧붙였습니다. 학비와 집세는 어떻게든 벌 수 있었지만 늘 식대가 모자라 편의점에서 빵을 사 먹어야 했던 나는 기뻤습니다. 졸업을 한 학기 남겨두고 취업을 해 학교 앞의 고시원을 떠나기 전까지 나는 매일 한 시간씩 대단치도 않은 잡일을 돕고 식당의 밥을 축내었습니다. 아직도 아주머니가 왜 그런 제안을 했던 건지 알 수 없습니다. 정말 말 그대로 너무 바빠서 손이 필요했을 수도 있고 사정을 눈치채고 돕고 싶었던 건지도 모르겠습니다. 하지만 공부보다 돈 버는 게 훨씬 더 고되었던 그 검고 무거운 시기를 굶어 죽지 않고 버틸 수 있었던 건 온전히 아주머니와 제육덮밥 덕분이었습니다. 스무 해가 지났고 식당은 거기 없습니다. 나는 아주머니가 어디서 무얼 하고 계시는지 알지 못합니다. 문을 열고 들어가면 아주머니가 또 나를 집 나갔다 돌아온 자식처럼 반겨줄 거라는 걸 알고 있습니다. 그리고 나는 이제 그렇게 기뻐해주는 사람의 마음이라는 게 얼마나 귀하고 예쁜 것인지 아는 나이가 되었습니다. 나는 어디를 가든 제육덮밥만 먹습니다. 그게 무엇때문인지 이 글을 쓰기 전까지는 알지 못했습니다. 아주머니가 해준 제육덮밥이 먹고 싶습니다.

고시원 살 때 이야기입니다. 대학생 때니까 정말 오래전이네요. 잠을 자려면 의자를 책상 위로 올려야 하는 창문 없는 방에서 나가 긴 복도를 바라봅니다. 복도 끝에는 에어컨을 발명했다는 캐리어 박사가 직접 만들었을 것 같은 에어컨이 서 있고, 그걸 등지고 걸어 나오면 공용으로 사용하는 작은 화장실이 있습니다. 모든 게 좁고 오래되고 불편했지만 불만은 없었습니다. 서울 하늘에 스물두 살 청년이 제힘으로 벌어서 먹고살 수 있는 곳이 있다는 것만으로도 하루하루 흥미진진하고 즐거웠습니다.

옆방에는 일용직 아저씨가 살았습니다. 아저씨와 사이가 좋지 않았습니다. 아마 고시원에 사는 모두 옆방 사람과는 사이가 안 좋았을 겁니다. 옆방에서 머리를 긁어도 벽을 긁는 것처럼 들리니까요. 화장실 사용하는 걸 두고 몇 번 싸운 이후로는 인사도 하지 않았습니다.

어느 날 선풍기가 고장 났습니다. 문 열어놓고 어떻게든 고쳐보려 끙끙대고 있는데, 옆방 아저씨가 흘끗 보고는 줘보라고 말했습니다. 그리고 놀랍게도 5분 만에 고쳐주었습니다. 알고 보니 아저씨는 고치지 못하는 게 없었습니다. 저는 아저씨를 옆방 아저씨라고 부르는 대신 맥가이버 아저씨라고 부르기 시작했습니다. 같이 술도 마시고 밥도 먹었습니다.

애초 대화할 생각이 없는 상황에서 사람을 쉽게 판단할 때가 있습니다. 그럴 때마다 맥가이버 아저씨가 떠오릅니다. 그리고 마음을 고쳐먹습니다. 언젠가 아저씨가 술을 마시다 말고 말했습니다. 차곡차곡 돈을 모아 떨어져 사는 아들을 보러 가는 게 소원이라고 말입니다. 지금 어디서 어떻게 지내시는지 모르겠습니다. 부디 아들과 다시 만났기를. 무엇보다 평안하기를. 조용히 빌어봅니다.

언젠가 부천역 앞의 춤추는 아저씨에 관한 이야기를 TV에서 본 적이 있습니다. 특별할 건 없습니다. 그냥 춤을 추는 아저씨입니다. 그런데 말도 없고 표정도 없습니다. 춤도 서투릅니다. 동작이 어찌나 필사적인지 그게 춤인지 알아보려면 시간이 조금 걸립니다. 다만 정말 열심히 춥니다. 언뜻 사명감이라도 가진 것처럼 보입니다. 흡사 내가 이렇게 춤을 춰야만 내일 해가 떠서 다른 사람들이 살아갈 수 있다는 것처럼 말입니다.

알고 보니 사연이 있었습니다. 부모님이 편찮으십니다. 간병을 위해 회사를 그만두고 집에 틀어박힌 지 오래되었습니다. 그렇게 집에서 부모님만 살피며 나이가 들고 마음은 시들어갔습니다.

그러던 어느 날 아저씨가 집을 나섰습니다. 그리고 별안간 역 앞에서 춤을 추기 시작했습니다. 하루로 끝나지 않았습니다. 아저씨는 춤을 추며 해방감을 느끼는 것처럼 보였습니다. 웃고 있지 않지만 아마 웃고 있었을 겁니다.

웃지 않는 사람에게 왜 웃지 않냐고 묻지 마세요. 웃음을 모르는 사람은 없습니다. 다만 웃을 때 어떤 표정을 지어야 하는지 잊었을 뿐입니다. 벌써 10여 년 전인데 여전하신지 모르겠습니다. 이렇게 날씨가 험하면 아저씨가 생각납니다. 건강하셨으면 좋겠습니다.

새벽에 잠시 깼습니다. 물을 마시러 일어났는데요. 별생각 없이 창밖을 봤다가 깜짝 놀랐습니다. 정말 모처럼 서울 하늘에 별이 가득하더라고요. 그중 하나가 너무 밝게 빛나고 있길래 별 찾아주는 앱으로 찍어봤더니, 역시나 시리우스였습니다. 지구에서 볼 수 있는 가장 밝은 별입니다. 태양과 같은 항성인데 태양보다 스무 배나 더 밝습니다. 그리고 쌍성입니다. 두 개예요. 두 개의 항성이 붙어서 서로 공전합니다.

우리 눈에 밝게 보이는 시리우스 A가 주성이고요. 그 옆에 백색왜성인 시리우스 B가 있습니다. 백색왜성이란 이제 수명이 거의 다한 별을 의미합니다. 시리우스 B가 처음 탄생했을 때는 지금의 주성보다 크고 태양보다 5백 배나 더 밝았습니다. 얼마나 눈부셨을까요. 시리우스 B가 다른 항성보다 빠르게 노화한 이유는 크기보다 질량이 크기 때문이었습니다. 몸집보다 질량이 크다는 건 밀도가 높다는 겁니다. 그런 항성은 빨리 늙습니다. 사람으로 따지자면 처음 태어날 때부터 책임져야 할 것이 너무 많았다고 표현해도 될지 모르겠습니다. 지금의 주성이 주성일 수 있는 건 그렇게 시리우스 B가 더 빨리 나이 들었기 때문입니다.

언젠가 눈이 부시게 빛을 발했으나 지금은 과거의 빛을 잃고 이제 막 전성기를 맞이한 사람 곁에서 조용히, 그러나 여전히 자기 책임과 역할을 다 하고 있는 사람들이 있습니다. 그들을 떠올려봅시다. 마지막으로 고맙다는 말을 들어본 게 언제인지 더 이상 기억나지 않을 그들을.

편의점에 들른 사람이 있었습니다. 물건을 고르고 계산대 앞에 선 남자는 모니터에 뜬 가격을 확인하려다 깜짝 놀랐습니다. 모니터의 실종아동찾기 캠페인 이미지에서 자신의 모습을 확인한 것입니다. 남자는 왜 여기 내 어렸을 적 사진이 사용되고 있는지 알 수 없었습니다. 도용인지 실수인지 알 수 없지만 뭔가 잘못됐다고 생각했습니다. 남자는 캠페인 이미지에 적혀 있는 아동권리보장원의 연락처로 전화해 사진이 잘못 사용되고 있다고 알렸습니다. 그런데 놀라운 일이 벌어졌습니다. 그간 자신이 가족 없이 버려진 걸로 알고 살았는데, 실은 어렸을 때 길을 잃어 가족과 헤어진 실종아동이었던 것입니다. 가족은 여태까지 자식을 찾는 일을 포기하지 않았던 것입니다. 남자는 추석 연휴가 끝나자마자 가족과 만났습니다. 20년 만이었습니다.

　　살다 보면 이렇게 놀라운 이야기를 만나게 됩니다. 그리고 그런 놀라운 이야기의 이면을 들여다볼 때마다 거기 깜짝 놀랄 만한 우연과 확률이 아닌, 결코 포기하지 않았던 누군가의 또렷한 의지가 존재한다는 걸 발견하게 됩니다. 포기하지 않고 멈추지 않았기 때문에 가능한 것이었습니다. 결코 채워질 리 없는 구덩이에 삽질을 하고 있다고 생각하는 우리에게 위로가 되는 소식이었으면 합니다. 그 구덩이는 언젠가 반드시 채워질 겁니다.

그럴 때가 있습니다. 내가 이 옛날 노래를 알 리가 없는데 왜 들어본 것 같지. 어떻게 금방 따라서 흥얼거릴 수가 있지. 결국 알아내지 못해 다시 일상에 버둥거리다, 잠들기 직전 베개에 뺨을 묻고 뒤척이는 동안 문득 깨닫습니다.

어린 시절 부엌에서 식기가 부딪치고 거품이 터지는 배부른 소리를 비집고 들려왔던 엄마의 노래. 때로는 신나고 또 때로는 슬프고, 누구 들으라고 저렇게 열심히 부를까 종종 궁금했던 엄마의 노래였다는 걸 말입니다.

요즘도 엄마는 부엌에서 노래를 부를까요. 이제 와서 다시 불러달라고 할 만큼 살갑지 못한 자식은 그게 무척 궁금한데. 이럴 줄 알았으면 녹음을 해둘 걸 그랬습니다.

"오늘 아침에 화내고 나와서 미안해, 진심이 아니었어. 자기야 사랑해 영원히." 지난 대구 지하철 참사 당시 피해자 가운데 한 분이 남긴 문자입니다. 혹시 오늘 아침 집을 나서기 전 누군가와 다투고 나오지는 않았나요. 어쩌면 멀리 떨어져 있는 가족과 통화를 하다가 마음에 없는 모진 말로 이야기를 끝내지는 않으셨나요.

　　말하지 않아도 당연히 알고 있으려니 생각하는 것들을 그들은 알지 못합니다. 별일 없는 날도 별일 있었던 날처럼. 별것 있는 날도 별것 없었던 날처럼. 평정을 찾고 의지를 갖고 고마워할 줄 아는 마음으로. 고맙다는 말을 너무 오랫동안 듣지 못했을, 그래서 어쩌면 나는 고맙다는 말을 들을 만큼 가치 있는 사람이 아닌가 보다, 생각하고 있을지 모를 누군가에게. 꼭 너무 흔해서 하기 쑥스러운 그런 말을 해봅시다.

지난 일요일, 하늘은 높고 공기는 맑았습니다. 제 건강 살핀다고 동생이 찾아왔는데 안색이 별로라며 한강에 가서 한참 같이 앉아 있다 왔어요. 사실 스트레스가 많이 쌓였거든요. 따지고 보면 그 몇 시간 동안 뭘 먹은 것도 아니고, 마스크 쓰고 별 의미 없는 흰소리나 서로 주고받은 게 전부입니다. 하지만 돌이켜보니 정말 회복이 되는 시간이었습니다. 어릴 때는 그렇게 밉살맞더니 이제는 제 삶에 참 중요한 사람이네요.

종교는 없지만 성서를 종종 읽습니다. 형제 사이의 불화가 언급된 것이 창세기에만 스물다섯 장에 이릅니다. 카인은 아벨을 죽였고 이삭과 이스마엘은 후계 경쟁을 했고, 이삭의 아들 에서와 야곱은 장자권을 가지고 싸웠고, 야곱의 아들 요셉은 형제들에게 쫓겨 노예가 되기도 했지요. 그만큼 형제 사이의 분쟁은 흔한 일이기도 하고 때때로 극단적인 형태로 발전하기도 합니다.

노예가 되었던 요셉이 다른 형제들을 용서하고 감

싸 안았던 것처럼 형제 사이의 불화를 끊는 건 어쩌면 가장 상처받은 사람이 먼저 용기를 낼 때에만 가능할지 모르겠습니다. 맞습니다. 가장 상처받은 사람이 먼저 용기를 내는 것 말입니다. 혹시 여러분이 형제와 사이가 좋지 않다면 흔하고 가벼운 주제를 잡아 전화라도 한번 해보는 게 어떨까요. 이런 이야기 잘 안 하지만 너에게 참 고맙다, 라는 말이 그 통화의 마지막 대화였으면 좋겠습니다.

미국 아이오와주 다이어스빌의 외딴곳에 야구장이 만들어졌습니다. 시골의 광활한 옥수수밭 한가운데 야구장이라니 좀 생뚱맞지요. 그리고 우리 시간으로 2021년 8월 13일 아침 8시 15분경. 여기서 뉴욕 양키스와 시카고 화이트삭스가 맞붙었습니다. 영화 좋아하는 분들은 어딘가 익숙한 구도라는 걸 느끼고 계실 텐데요. 바로 1989년에 만들어진 케빈 코스트너 주연의 영화 「꿈의 구장」을 현실화한 겁니다.

세상에 재미없는 야구 경기는 있을 수 있습니다. 하지만 훌륭하지 않은 야구 영화를 찾아보기란 정말 힘든 일입니다. 신기한 일이지요. 그런데 정말 그래요. 「꿈의 구장」도 그런 영화 가운데 하나입니다. 이 영화는 꿈에서 목소리를 들은 이후 멀쩡한 옥수수밭을 뒤엎고 미친 사람 소리를 들어가며 목소리가 지시한 대로 야구장을 지은 남자의 이야기입니다.

야구장에 이미 고인이 된 전설적인 선수들이 찾아와 야구를 합니다. 평생 오해하고 미워했던 아버지가 젊은 시절의 야구 선수로 나타납니다. 그리고 주인공과 마주

합니다. 아버지는 여기가 천국이냐고 묻습니다. 주인공은 천국이 아니라 아이오와라고 대답합니다. 이번에는 주인공이 천국이 정말 있냐고 묻습니다. 젊은 아버지는 물론이라며 꿈이 실현되는 곳이라고 대답합니다. 그러자 주인공이 말합니다. "그렇다면 여기가 천국이 맞나보네요." 둘은 캐치볼을 하기 시작합니다. 그들에게 천국이란 때를 놓쳐 미처 하지 못했던 사소하고 소박한 캐치볼과 같았습니다.

나이를 먹는다는 건 제때 하지 못한 캐치볼이 늘어가는 것과 같다는 생각을 가끔 합니다. 제때 고맙다고 말하지 못해 놓쳐버린 것들이 있다면 더 늦기 전에 여러분의 캐치볼을 마무리하시길 바랍니다. 기왕이면 당장이요.

메일을 받았습니다. 오랜 투병 끝에 이제 겨우 건강을 회복했다고 합니다. 제가 기억하는 분이었습니다. 몇 달 전 항암 중인데 너무 힘들다고 연락을 해왔던 청년입니다.

덕분에 잘 이겨낸 것 같다며 말문을 꺼낸 이분이 새로운 마음의 짐을 털어놓았습니다. 정말 친하다고 생각했던 사람들이 있는데, 투병 중에 연락을 하거나 병문안을 오지 않아 배신감을 느낀다는 이야기였습니다.

저는 그럴 수 있다고 생각합니다. 친구가 죽을지도 모른다는 이야기를 들었을 때 어떻게 대처해야 할지 아는 사람은 많지 않습니다. 아니, 없습니다. 물론 마음이 아프고 기분이 나쁠 수 있습니다. 하지만 그것만 가지고 친구를 판단하지는 말자고 이야기해주었습니다.

혹시 아픈 친구가 있는데 어떻게 연락을 하거나 말을 걸어야 할지 모르겠다는 분이 계시나요? 위로하려 애쓰지 마시고, 찾아가서 손을 꼭 잡아주세요. 그리고 평소처럼 놀아주세요. 그냥 그거면 됩니다.

아무도 고맙다고 말하지 않음에도 누군가 하고 있는 것들이 기둥이 되어 떠받치고 있기에 하늘은 무너지지 않습니다.

인간은 공감할 줄 아는 생명체입니다. 인간이 인간으로 태어나 사람답게 살려고 노력하는 동안 그들을 다른 생명체와 구분 짓는 괴상하고 소모적이며 소란스러운 동시에 놀라울 만큼 아름다운 것이 하나 있다면, 그건 바로 공감하는 능력일 겁니다.

영화 「8월의 크리스마스」를 보면 이제 곧 세상을 떠날 아들이 혼자 남을 아버지에게 비디오 리모컨 사용법을 가르쳐주다 짜증을 내는 장면이 있습니다. 아들의 조급함을 이해하면서도 침묵으로 아들의 짜증을 삭히는 아버지의 모습에 마음이 더 아팠는데요. 이 장면이 그토록 많은 이의 기억 속에 남을 수 있었던 건 다음 장면 때문이 아닐까 싶습니다. 다음 장면에서 아들은 애써 마음을 추스릅니다. 그리고 책상에 앉아 아버지가 혼자서도 비디오를 쓸 수 있도록 크고 굵은 글씨로 사용법을 종이 위에 써내려갑니다.

뒤에 남을 것들을 염려해 무언가를 남기려 분투하고 수습하려 애쓰는 마음. 굳이 영화 속 주인공이 아니더라도 우리 모두 그런 마음을 가지고 살아갈 겁니다. 세상은 그렇게 이별과 수습을 거듭하며 오늘도 별일 아니라는 듯 굴러갑니다. 문득 한석규가 부른 「8월의 크리스마스」가 듣고 싶네요.

사랑의 반대말이 뭐라고 생각하시나요. 누군가는 증오라고 하고, 또 다른 누군가는 무관심이라고도 합니다. 저는 사랑의 반대말이 소유라고 생각합니다. 사랑은 신의를 낳습니다. 사랑하는 사람들은 서로 믿는 토대 위에서 동등하게 자유롭습니다.

소유는 불신을 낳습니다. 소유하는 사람들은 서로 불신하는 토대 위에서 상대를 통제하려다 관계를 망칩니다. 사랑하는 사람들 사이에는 규칙과 속박이 필요하지 않습니다. 규칙과 속박이 없이도 신의를 저버릴 생각이 없기 때문입니다. 하지만 이런 신의를 유지하고 지키는 일은 어렵습니다. 사랑을 시작하는 일만큼 어렵습니다.

노력 없는 신의는 맹신에 불과합니다. 신의가 깨지는 순간 둘 사이는 멀어집니다. 그러나 두 사람은 멀어진 만큼의 빈 공간을 참을 수 없습니다. 그때 흡사 중력처럼 빈 공간을 채우는 게 규칙과 속박입니다. 그렇게 가장 순수한 형태의 사랑마저 한달음에 소유로 변질하고 맙니다. 여러분은 지금 사랑하고 계시나요, 아니면 소유하고 계시나요.

박찬욱 감독의 「헤어질 결심」에는 안개가 참 중요한 소재로 등장합니다. 이 영화에서 안개라는 건 대기 중에 뿌옇고 습한 것인 동시에 상대의 진심을 제대로 보지 못하게 가리는 것이기도 합니다. 아무리 인공 눈물로 눈을 닦아 보아도 소용이 없지요. 안개는 눈이 아니라 마음 위에 드리워진 것이니까요. 살면서 두텁게 쌓아 올린 편견을 나만의 지혜로 착각하며 세상을 이것과 저것 둘 중 하나로 판단하는 사람이 누군가가 하지 않은 것을 했다고, 혹은 한 것을 하지 않았다고 확신하고 있을 때. 상대방은 얼마나 무력하고 외로울까요. 심지어 그들이 사랑하는 사이라면 말입니다. 마음 위에 안개를 걷어내고 밝은 눈으로 상대를 바라볼 수 있는 지혜, 그렇게 편견 없는 가슴으로 상대를 품을 수 있는 용기. 꼿꼿하고 바른 자세로 살아간다는 건 단지 어깨를 펴고 허리를 바로 세운다는 게 아니라 바로 그런 용기와 지혜를 실행하는 삶일 겁니다.

아침에 메일 한 통을 받았습니다. 꽤 오랫동안 읽고 다시 오랫동안 답장을 하고 나서야 집을 나설 수 있었습니다.

어렸을 때 어머니가 어린 딸을 버려두고 집을 나갔습니다. 무얼 잊고 간 것인지 다음 날 밤시간을 틈타 몰래 다시 돌아온 어머니는 아끼던 강아지를 데리고 다시 집을 나갔습니다. 강아지는 데려가고 자식은 남겨두었습니다. 딸은 이제 꽤 나이를 먹었습니다. 쉽지 않았습니다. 고된 삶이었습니다. 어머니와 연이 끊어진 건 아니었습니다. 차라리 그랬다면 나았을지 모릅니다. 어머니는 돈이 필요할 때 연락을 해옵니다. 본인이 전화를 하기도 하고 남자친구를 앞세우기도 합니다. 그런 어머니에게 번번이 돈을 쥐여주는 아버지를 보면서 딸은 기가 막히고 화를 참을 수 없습니다. 이제는 딸에게 직접 돈을 요구하는 일이 잦아졌습니다. 이런 상황임에도 딸은 내가 지금 가진 분노와 증오가 혹여 세상의 도리에 어긋나는 일이면 어떻게 하나, 걱정을 합니다.

나는 그녀가 과거에 사로잡히지 않기를 바랍니다. 오

직 눈앞의 삶에 충실하기를 바랍니다. 그렇게 평안과 사랑을 빌었습니다. 답장을 쓰면서 생각해보았습니다. 도리라는 말의 쓰임은 왜 늘 양쪽이 아닌 한 방향으로만 흐르는 것인가. 어른이 어른답고 부모가 부모답고, 사람이 사람답기란 그렇게 어려운 일인가 봅니다.

라디오 막내 작가와 이야기를 나누었습니다. 표정이 어둡습니다. 주말에 좋지 않은 일이 있었던 모양입니다. 헤어졌던 여자친구에게 연락이 왔습니다. 다시 만난 그들은 극장에 영화를 보러 갔습니다. 영화를 다 보고 난 이후 그녀는 아무래도 안 되겠다 말했습니다. 그렇게 그들은 다시 헤어졌습니다. "아무래도 내가 못생겨서 그런가 봅니다." 둘 사이의 관계를 되돌리고 싶어 하는 막내 작가의 모습을 보며 마음이 아팠습니다.

무언가를 되돌리는 일은 쉽지 않습니다. 한 번 깨진 그릇은 잘 주워 모아 조심스레 붙일 수 있습니다. 하지만 그렇게 해보았자 아주 작은 충격에도 전에 깨졌던 모양 그대로 깨지기 마련입니다. 자연스러운 일입니다. 그걸 알면서도 다시 붙이고 싶어 하는 마음이란 애처롭지만 동시에 강력합니다. 세상에 무언가를 되돌리고 싶어 하는 마음만큼 부질없고 애틋한 것이 있을까요. 소용없을 걸 알면서도 흩어진 조각들을 애써 주워 모으고 있는 모든 마음들을 응원합니다. 38

영화 「노인을 위한 나라는 없다」의 제목은 예이츠의 시 「비잔티움으로의 항해」에서 가져온 것입니다. 그 의미는 시나 원작 소설이나 영화나 같습니다.

제아무리 현명한 사람일지라도 세상을 예측할 수 없다는 것입니다. 경험과 사유를 반복해 오랜 시간 지혜를 터득해온 사람조차, 도무지 상상할 수 없는 모습으로 변모하는 세상의 풍경과 가치관 앞에선 무력한 스스로에게 실망하고 서글퍼할 뿐 무엇도 할 수 없다는 이야기이지요.

남녀 학생 한 무리가 길거리의 60대 할머니에게 담배 심부름을 시키고 할머니가 거부하자 주변 위안부 소녀상 앞의 국화꽃으로 할머니를 때리고 조롱하는 일이 있었습니다. 그들은 이걸 촬영하며 웃었습니다. 경찰이 수사에 나섰습니다. 학생들은 조사 과정에서 장난이었다고 밝혔습니다. 저는 절망했습니다. 국화꽃과 비아냥 때문이 아닙니다. 영상 속에서 조리돌림을 당하면서도 별다른 저항 없이 체념하고 있는 할머니의 표정 때문에. 저는 그 표정 때문에 절망했습니다.

　이런 세상을 상상해본 적도, 예측해본 일도 없습니다. 여러분도 그럴 거라 생각합니다. 영문도 모르겠고 해법도 모르겠습니다. 할머니는 학생들이 처벌받기를 원하지 않는다고 밝혔습니다. 더 이상 감당할 수 없는 세상을 인내하는 방법은, 어쩌면 그렇게 감싸 안는 것 이외에는 별다른 도리가 없는 건지도 모르겠습니다. 한 없이 무력하게만 느껴지는 내가 참 싫은 아침입니다.

변치 않는 사람들이 있습니다. 좋은 의미에서 말입니다. 겸허하고 인자하고 베푸는 데 주저함이 없고 같이 있으면 나까지 기분이 좋아지는. 세상에는 반드시 지켜야 할 것들이 있다는 걸 믿는. 그런 사람들이 있습니다. 저는 상황에 따라 적절하고 기민하게 변할 줄 아는 사람만큼이나 변치 않는 사람 또한 아끼고 좋아합니다. 그런 사람이 곁에 있다는 건 참 좋은 일입니다.

나이 먹을수록 늘 만나는 사람만 만나게 되고 그래서 가끔은 뭔가 일을 만들어서라도 새로운 사람을 좀 만나볼까 싶기도 합니다. 하지만 그런 친구들을 생각하면 내가 너무 욕심을 부린다는 걸 깨닫게 됩니다. 큰 복이지요. 주말에 오래된 친구들과 자리를 함께하고 나니 다시 새로운 1주일을 헤쳐나갈 수 있는 힘과 용기를 얻게 됩니다.

어느 날 공자님 제자가 당대 유행하는 시를 읊기를, "당체의 꽃이여! 바람에 펄럭이는구나. 어찌 그대를 생각하지 않으리오마는 집이 멀기 때문이다." 그러자 이를 들은 공자님이 말씀하셨습니다. "생각하지 않을지언정 어찌 멀다 하겠는가."『논어』제9편 자한 30장 말씀입니다. 제자가 읊고 있던 유행시를 인용해서 진심으로 인을 따르겠다 생각하면 어찌 인이 멀리 떨어져 있다 문제 삼겠는가, 꼬집으신 이야기입니다.

문자 그대로 해석하면 이런 겁니다. 제자가 봄바람 휘날리며 흩날리는 벚꽃 잎을 바라보다, 애인이 보고 싶은데 너무 멀리 살아요, 유행가를 불렀습니다. 그러자 공자님이 말씀하시기를, 야 그게 진짜로 사랑 안 하는 거지 진짜 사랑하는 거면 멀리 있든 가까이 있든 그게 뭔 상관이니, 한 겁니다. 그렇게 생각하면 엄숙하기만 한 공자님도 조금은 친근하게 느껴집니다.

맞는 말이지요. 사랑한다면 거리가 무슨 상관이겠습니까. 공자님이 말씀하신 거리란 단지 물리적으로 떨어져 있다는 의미만은 아닐 겁니다. 애인 아니라 부모님이 되었든 친구가 되었든 서로 다투어 기분이 상하고 마음의 거리가 멀찍이 떨어져버렸다면, 오늘이 지나기 전에 전화 한 통 해보는 건 어떨까요. 공자님의 말씀처럼. 사랑한다면 그 거리는 아무것도 아닙니다.

비가 오면 용을 떠올립니다. 비는 용이 내리는 거라는 말이 있습니다. 인류는 언제부터 용을 상상했을까요. 기원전 1300년 중국 상나라 시대 비가 오고 천둥이 치는 날, 용이 나타나 사람과 가축을 습격했다는 게 문헌에 나타난 용의 최초 기록입니다.

동서양을 막론하고 용과 관련해 여러 가지 이야기가 전해지고 있습니다. 그 가운데 제가 가장 좋아하는 건 용오름 설화입니다. 1천 년 동안 수행한 이무기가 승천하려고 하는 걸 아기 업은 할머니가 우연히 보았습니다. 할머니는 "저 뱀 봐라" 말했습니다. 그걸 등 뒤의 아기가 "저 용 봐라" 고쳐 말했습니다. 그 덕분에 이무기는 용이 될 수 있었습니다. 그렇게 용이 된 이무기는 아기에게 은혜를 갚았다는 이야기입니다. 이후 용오름을 본 사람이 그것을 이무기라 하면 이무기가 되고 용이라 하면 용이 된다, 라는 말이 생겼습니다.

삶을 살아가며 만나는 사람들도 이와 같지 않습니까. 누가 용이 되고 누가 이무기가 될지를 다른 사람의 평가가 좌우하는 일이 자주 있습니다. 그래도 예전에는 누가 봐도 이무기밖에 되지 않는 걸 용이라고 상찬하는 경우를 많이 봤습니다. 지금은 누가 봐도 용인 것을 이무기밖에 되지 않는다고 깎아내리는 경우를 더 많이 보게 되는 것 같습니다.

모두가 용이 될 수는 없을 겁니다. 하지만 적어도 내 눈앞의 이 사람은, 모니터 너머의 저 사람만큼은 용이 되었으면 좋겠다는 사소한 마음이 아쉽습니다. 그런 마음이 언젠가 나를 이무기에 그치지 않고 용으로 떠오르게 만들어줄 구원으로 돌아오지 않을까요. 저는 정말 그렇게 생각합니다.

힘내라는 말을 듣고 싶지 않은 날이 있었습니다. 알지도 못하면서 대충 얼버무려 위로하지 말라 답하고 싶고, 대체 여기서 얼마나 더 힘을 내라는 건가 싶고, 그간 얼마나 전력을 다하고 있었던 건지 아느냐 묻고 싶고, 부모 돈으로 편하게 학교 다니고 살 집도 있었던 사람이 내 삶의 풍파를 가늠할 수 있느냐 따지고 싶기도 했습니다.

이제는 압니다. 누구나 자신만의 고통을 짊어지고 있다는 흔한 말의 무게와 깊이를 헤아릴 수 있습니다. 힘내라는 말을 들을 때면 생각합니다. 더 이상 끌어모을 힘이 남아 있지 않아 주저앉고 싶었으나 안간힘을 다해 다시 일어나 밥벌이에 나섰던. 힘겨운 반복 안에서 끝내 스스로를 증명할 수 있었던 누군가가 진심을 다해 그 힘과 운을 타인에게 빌어주고자 하는 마음을 말입니다.

그래서 이제는 힘내라는 말을 좋아합니다. 내가 쓰는 건 글이지만 결국 상대하는 건 사람이라는 것. 그리고 사람의 마음이라는 것. 다시 한번 생각해봅니다.

아무것도 나눌 수 없는 사람이 있다면 그 사람은 얼마나 외로울까요. 언젠가 영화 속에서 그런 사람을 본 적이 있습니다. 내 안에는 다른 사람과 나누고 싶은 것들이 너무 많은데, 누구와 어떻게 나눠야 할지 알 수가 없다고, 그렇게 그 남자는 흐느껴 울고 있었습니다.

나눌 수 있다는 건 행복한 일입니다. 흔한 문학적 수사가 아닙니다. 정말로 그렇습니다. 하나는 외로운 숫자입니다. 둘보다도 훨씬 외로운 숫자입니다. 그렇다고 둘이 하나보다 더 나은 숫자인 건 아니지요. 맞습니다. 노랫말처럼 말입니다. 나눌 줄 모르는 둘보다 나눌 줄 아는 하나가 훨씬 행복하다는 걸, 이제 저는 압니다.

우리는 서로 참 많이 다릅니다. 그래서 서로와 함께하기 위해서는 서로 맞추어주고 양보할 줄 알아야 합니다. 그런데 늘 그 선이 문제입니다. 대체 우리는 서로와 함께하기 위해 어디까지 맞춰주어야 하는 걸까요.

　　히치콕의 「이창」을 보면 재미있는 장면이 있습니다. 제임스 스튜어트가 연기하는 주인공은 사진기자입니다. 오지와 전쟁터를 헤매야 합니다. 그레이스 켈리가 연기하는 여자친구는 주인공을 무척 사랑해서 결혼하고 싶어 합니다. 하지만 성공한 상류층이고 주인공은 그런 그녀를 못마땅해합니다. 자신은 아내와 삶을 공유하고 싶은데 상류층인 그녀가 드레스를 입고 오지를 누비는 걸 상상할 수 없으니까요. 그래서 있는 힘껏 그녀를 밀어냅니다. 그러던 중 이웃에서 살인 사건이 벌어집니다. 주인공만 진실을 알고 있습니다. 그런 그를 도와 여자친구가 사건을 해결하는 데 결정적인 역할을 합니다. 손에 물 한 방울 묻히고 싶어 하지 않을 줄 알았던 그녀가 위험한 모험을 즐기는 걸 보며 주인공은 완전히 반하고 맙니다. 마지막 장면에 이르러 주인공은 너무나 편한 표정으로 낮잠을 자고 있고 그런 그의 곁을 지키며 여자친구가 책을 읽고 있습니다. 오지를 탐험하는 것에 관한 책입니다. 주인공이 완전히 곯아떨어진 걸 확인한 그녀는 책을 덮습니다. 그리고 미소를 지으며 자신이 좋아하는 패션 잡지를 펼칩니다. 그렇게 유쾌한 분위기로 영화가 끝납니다.

서로에게 맞는 사람이 되기 위해 가끔 우리는 한 번도 해본 적이 없는 일에 친숙해져야 합니다. 그렇다고 내가 좋아하는 걸 포기해야 할 필요는 없습니다. 두 가지가 공존할 수 없다고 생각하는 쪽이 어리석은 거니까요. 사랑은 두 사람의 삶 가운데 하나를 선택하는 게 아니라, 두 사람의 삶만큼 넓어지는 일일 겁니다.

나의 투쟁으로 너를 희생시키겠다는 마음은 원칙일 수 없습니다. 그건 종교인의 원칙도, 인간의 원칙도 아닙니다. 위기를 극복하고 일상으로 돌아갈 수 있다는 흔들리지 않는 의지와 끈기, 그리고 배려만이 오늘의 환란을 이길 수 있는 유일한 길입니다.

고맙다고 말할 수 있는
용기

    50대 남성 A 씨는 부모 없이 힘겨운 삶을 살았습니다. 아버지는 A 씨가 태어나기 전에 세상을 등졌습니다. 어머니는 A 씨가 세 살 때 재혼하여 자식들의 곁을 떠났고, 한 번도 연락을 해오지 않았습니다. A 씨는 몸이 아파 평생 병원을 들락거렸으나, 누군가에게는 당연할 부모의 위로와 간호를 받아보지 못했습니다.

  A 씨는 거제도 앞바다에서 숨졌습니다. 그가 갑판원으로 일하던 어선이 침몰했습니다. 그가 떠난 자리에 사망보험금 2억 5천만 원과 선박 회사의 합의금 5천만 원이 남았습니다. 그리고 어머니가 나타났습니다. 너무 어릴 때 버림받아 어머니의 얼굴조차 모르는 A 씨의 재산을 모두 상속받기 위해서입니다.

  다행히 법원은 A 씨 누나의 지급금지 가처분 신청을 받아들이고, 모친에게 보험금 지급을 금지했습니다. 그러나 이는 그저 가처분일 뿐 앞으로 법정 공방이 기다리고 있습니다. 부양의 의무를 다하지 않은 부모의 재산 상속권을 제한하는, 이른바 구하라법이 존재합니다. 하지만 이는 현재 공무원에 한해서 적용되고 있습니다.

일반인 적용을 위한 개정안은 주요한 법안들이 늘 그렇듯 국회에 정처 없이 계류 중입니다.

살아가다 보면 스스로의 염치에 가격을 매겨야 하는 순간을 만나게 됩니다. 이 가격은 사람마다 상대적인 것이라 서로 견주어 자랑할 수 없고 비교할 수도 없습니다. 오직 자신만이 가격 앞에 홀로 떳떳하거나 초라합니다. 그녀는 자신의 염치를 얼마에 흥정하고 싶은 걸까요. 내 염치의 값어치에 대해 조용히 생각해보고 싶습니다.

우크라이나 정부가 러시아의 침략을 파시즘에 빗대어 '러시즘'이라 부르며 영상을 올렸는데요. 결국에는 파시즘이 패배했다며 독일의 히틀러와 이탈리아의 무솔리니, 그리고 일본의 히로히토 일왕의 사진을 영상에 개재했습니다. 독일과 이탈리아, 일본은 제2차세계대전 당시의 추축국 멤버들이지요. 이에 일본의 네티즌과 외무성이 강하게 반발했고 결국 일왕의 얼굴이 제외된 수정 영상이 올라갔습니다.

독일과 이탈리아는 제2차세계대전과 파시즘의 원흉으로 매번 호명되지만 결코 공식적으로 반발하지 않습니다. 일본은 그렇지 않습니다. 일본이 반발한 표면적 이유는 히로히토가 입헌군주제 상황의 명목뿐인 왕이었다는 겁니다. 시킨 대로 했을 뿐이라는 이야기입니다. 그렇다면 히로히토 대신 전시 총리인 도조 히데키의 사진을 사용했다면 일본이 반발하지 않았을까요. 그럴 리가요. 반발했겠지요.

지금의 일본 여당과 지지자들은 스스로를 제2차세계대전의 피해자라고 여깁니다. 의식적인 자기 최면에 빠

54

져 있습니다. 그렇게 하지 않으면 가해자가 되어야 하는데 피해자라고 우기는 게 전략적으로 나은 선택지라 여깁니다. 중앙선을 침범해 추돌사고를 낸 운전자가 차에서 내려 "나도 피해자"라고 고함을 지르는 풍경이 떠오릅니다. 역사를 바라보는 인식이 참 흥미롭습니다. 동시에 안타깝습니다. 어찌 됐든 이웃이니까요.

우리는 모두 잘못을 저지릅니다. 나라는 사람의 본질은 내가 저지른 잘못으로 정해지지 않습니다. 그것을 수습할 방법을 결정하는 순간에 정해집니다. 벌어진 일을 사과하지 않고 배우지 않고 교훈을 얻으려 하지도 않으며 끝내 거짓으로 무마하려는 사람들이 있습니다. 자기 자신을 위해 결코 좋은 선택이 아닙니다. 그런 태도는 아주 잠시 도망칠 구석을 낳을지 모릅니다. 그러나 거짓말을 지키기 위해 다른 거짓말을 자꾸 덧붙여야 합니다. 결국 피해의식과 열등감으로 얼룩진 괴물이 되고 맙니다. 전쟁을 일으킨 가해자가 피해자를 자처하는 데 부끄러움을 느끼지 못하는 지금의 일본처럼 말입니다.

우이동 아파트 경비 아저씨의 안타까운 죽음은 전형적인 갑질 사건입니다. 갑질이라는 말의 일상화는 재벌에서 시작되었지만, 사실 부자가 갑질로 입방아에 오르는 건 특이한 경우에 해당합니다. 그들은 굳이 갑질을 하지 않아도 돈으로 존경과 복종을 살 수 있기 때문입니다.

사실 대개의 갑질은 평범한 사람들 사이에서 벌어집니다. 우리는 회사에서 집에서 상점에서 연인과 배우자 관계에서 하루에도 수십 번씩 갑과 을의 위치를 주고받습니다. 상황마다 갑과 을의 위치가 바뀝니다. 두 명 이상의 사람이 있으면 거기에는 반드시 권력이 발생합니다. 좋고 나쁘고를 떠나서 그게 자연스러운 현실입니다.

내가 매일 갑이기도 하고 을이기도 하다는 걸 아는 사람들은 늘 스스로 경계하고 돌아봅니다. 나는 평생 가해자일 리 없고 늘 정의와 상식의 편일 것이라는 막연한 자신감이 세상을 망칩니다.

"정의를 지키고 싶은 사람이라면 깊이 있는 성찰하시길 바랍니다." 가해자가 피해자의 형에게 보냈다는 문자입니다. 오직 자기 자신에 대한 경계심이 없는 상황에서만, 나는 결코 가해자일 수 없다는 확신 아래서만, 그러므로 나는 늘 정의롭고 이치에 맞는 행동을 하며 언제나 그럴 만한 이유가 있다는 맹신 안에서만 이번 사건처럼 이야기 속에서나 존재할 것 같은 후회 없는 폭력을 저지를 수 있습니다.

아저씨는 자리를 비울 수 없다며 부러진 코를 부여잡고 출근을 했습니다. 그리고 그만두라는 폭언에 "새끼들을 길러야 해서 그만둘 수 없습니다, 죄송합니다"라고 대답했습니다. 아닙니다. 이런 세상을 내버려두어 저희가 죄송합니다.

　　　　　세종시의 어느 어린이집에서 벌어진 이야기입니다. 그녀는 교사입니다. 그녀는 억울했습니다. 자신은 원생을 학대하지 않았기 때문입니다. 하지만 원생의 할머니와 어머니는 그렇게 생각하지 않았습니다. 그들은 아이가 학대를 당했다며 그녀를 욕하고 때렸습니다. 검찰은 아동학대를 조사했으나 어떤 혐의도 찾아내지 못했습니다. 그렇게 끝날 일이었습니다. 하지만 원생의 보호자들은 괴롭힘을 멈추지 않았습니다. 지치지 않고 이어지는 민원 앞에 결국 어린이집은 백기를 들었습니다.

　어린이집은 교사에게 퇴직을 권유했습니다. 그녀는 어린이집을 그만두었습니다. 그리고 극단적 선택으로 세상을 떠났습니다. 검찰은 가해자들을 약식기소해 2백만 원가량의 벌금을 부과했습니다. 가해자들은 2백만 원의 벌금이 부당하다고 생각했습니다. 그들은 재판을 요구했습니다. 재판부는 검찰과 달리 이 사건을 훨씬 더 심각하게 보았습니다. 겨우 2백만 원 벌금으로 끝날 게 아니라는 겁니다. 재판부는 2천만 원의 벌금을 선고했습니다. 사실 실형이 마땅하지만 검찰이 이미 약식처분으로 진행한 건이기에 형법상 더 중한 형을 내리는 게 불가능했습니다. 가해자들은 판결에 불복해 항소했으나 다음 날 취하했습니다. 여론을 의식한 걸로 보입니다. 추가적인 재조사는 없었습니다.

무고는 끔찍한 범죄입니다. 괴롭힘을 목적으로 한 무고는 잠시 그 목적을 달성할 수 있습니다. 그러나 무고 대상의 삶과 영혼을 회복 불가능한 수준으로 파괴하며 궁극적으로 진짜 학대 피해자들의 진실을 찾는 여정에 돌이킬 수 없는 불신을 남깁니다. 억울함을 호소하며 극단적 선택에 이르는 사람만큼 생명의 무게를 무겁게 바라보는 자는 없습니다. 그들이 생명을 내어주는 건 자신이 가진 것 가운데 그게 가장 무겁고 소중하기 때문입니다. 저는 이 사건이 살인에 준하는 내용으로 기소가 다시 이루어져야 한다고 생각합니다. 그녀의 마음이 얼마나 참담하고 끔찍했을지 짐작조차 할 수 없습니다.

현실에 존재함에도 불구하고 불편하다
는, 혹은 통념에 어긋난다는 이유로 존재하지 않는 것
처럼 다루어지는 일들에 관해 자주 생각합니다. 미혼부
이야기도 그렇습니다.

　A 씨가 8년 전 사실혼 관계에서 낳은 딸이 있었습니
다. 친모는 출생신고를 거부했습니다. 현행법상 친부
는 친모의 동의 없이 출생신고를 할 수 없습니다. A 씨
는 딸이 학교에 갈 수 있게 호적에 올려달라 반복해서
호소했습니다. 그러나 끝내 아이는 누구의 호적에도 오
르지 못했습니다. 아이는 친모에게 살해되어 싸늘한 시
신으로 발견되었습니다. 같은 날 밤 A 씨는 사실을 전
해 들었습니다. A 씨는 딸이 없는 세상에 살 수 없었습
니다. 그는 유서를 남긴 채 스스로 생을 마감했습니다.
아이는 무연고자로 묻혀야만 했습니다. 호적이 없기 때
문입니다. 이를 안타깝게 여긴 경찰이 임의로 확인서를
써주었습니다. 덕분에 아이는 아빠와 함께 소박한 장례
를 치를 수 있었습니다.

　책임질 준비와 의지가 없는 사람은 아빠든 엄마든 아

이를 길러선 안 됩니다. 그런 사람이 아이를 기를 때 참극이 벌어집니다. 현실을 담지 못하는 기준이 진짜 가족과 가짜 가족을 구별해서는 안 됩니다. 더 이상 낡은 관념 속의 정상 가족만이 이상적인 가족으로 취급받지 않는 세상을 꿈꿉니다.

학교, 군대, 직장, 그리고 결국 가정으로 수렴하는 닫힌 세계들이 있습니다. 이 세계들은 일종의 섬과 같습니다. 어떤 섬은 잘 굴러가고 또 어떤 섬은 그렇지 않습니다. 다만 서로 고립되어 있다는 점에서 모두가 섬이라는 사실은 변하지 않습니다.

어느 섬의 누군가가 고통을 호소할 때 그 절박함을 언뜻 이해하기 어려울 때도 있습니다. 그러나 이 섬이 내가 아는 세계의 전부인 이들에게 어떤 고통은 죽음과도 같습니다. 섬 밖을 상상할 수 있는 여유와 평정을 허락하지 않기 때문입니다. 섬을 관리하는 자들은 이미 오래전에 그런 고통을 겪었거나 목격했습니다. 다만 그걸 그리 진지하게 생각하지 않았습니다. 부조리가 아니라 필요악이고 그걸 삼켜서 극복했기 때문에 이 자리에 올 수 있었다 믿기 때문입니다. 극복한 게 아니라 폭력에 순응하고 방관했던 순간 섬의 일부가 된 것뿐이라는 사실을 알지 못합니다.

대한체육회가 체육계 학교폭력 문제에 대한 대책을 내놓았습니다. 그리고 청소년기 일탈을 두고 평생 체육

계 진입을 막는 건 가혹하다는 의견을 밝혔습니다. 과
잉 처벌이 능사는 아닙니다. 다만 우리 사회에서 그간
과잉 처벌이 능사가 아니라는 말이 보호했던 게, 언제
나 과소한 처벌조차 받아본 적이 없는 대상뿐이었다는
사실은 슬프고 무겁습니다.

섬들 사이에 다리가 놓이면 더 이상 섬이 아닙니다.
그런 섬들이 늘어나고 있습니다. 이겨낸 게 아니라 일
부가 되었을 뿐이라는 걸 끝내 깨닫지 못하는 어른들의
섬은 다리가 놓이기 전에 먼저 가라앉을 겁니다.

제가 학교에 다녔던 시절은 미처 왕따라는 말이 등장하기 전이었습니다. 단어가 없다고 해서 폭력이 없었던 건 아닙니다. 그렇지만 지금과 같지는 않았습니다. 이지메라는 일본 문화가 수입되고 이게 왕따라는 우리말로 대체된 이후, 따돌림과 폭력은 일부 학생의 탈선이 아닌 그저 평범한 교실의 일상이 되었습니다.

이제는 학기를 시작하자마자 교실에 응당 있어야 할 것을 선택하듯, 그러니까 흡사 오래전 마을 공동체에서 액받이를 고르듯 왕따를 선택합니다. 그리고 가담과 방관이 결합한 조직적 폭력이 이루어집니다. 피해자가 전학을 가도 가해자들이 SNS를 통해 상대 학교에 알리는 방식으로 폭력을 전파한다는 데 주목할 필요가 있습니다. 이건 더 이상 청소년기의 치기 어린 주먹 다툼이 아닙니다. 집요하고 잔인한 낙인찍기입니다.

언젠가부터 유명인들을 대상으로 학교폭력 피해자들의 폭로가 쏟아지고 있습니다. 누군가는 정의라고 말하고 또 다른 누군가는 마녀사냥이라고 말합니다. 그걸 뭐라고 부르든 상관없습니다. 원인은 내버려두고 눈앞의 결과만을 보며 평가하는 이상 논란은 계속될 겁니다. 촉법소년의 범위를 조정하고 조직화된 학교폭력에 무관용 원칙을 세워야 합니다. 소년 가해자의 미래를 염려해 소년 피해자의 죽음에 익숙해져야 하는 악순환을 깨야 합니다. 학교가 정의와 공정함의 공백을 견디는 고통과 불신의 공간이 아니라, 우리 공동체가 기댈 수 있는 최소한의 반석으로 기능하길 희망합니다.

정인이의 학대 사망을 계기로 많은 논의가 이루어지고 있습니다. 그런데 이야기의 무게 추가 학대 문제에서 입양 문제로 이동하는 모양새입니다. 그렇게 입양 가정을 향한 편견과 오해가 확산하고 있습니다.

사람들의 눈과 마음을 아찔하게 만들었던 아동학대 사건들이 모두 입양 가정에서 벌어진 것이라면 그럴 수 있겠습니다. 하지만 현실은 그렇지 않았습니다. 보건복지부에 따르면 2018년 입양 가정의 아동학대 비율은 전체의 0.2퍼센트에 불과합니다. 편견입니다. 아이들을 고문한 건 대개 친부모였습니다.

애초 정인이 사건을 중간에 멈추게 만들 수 있었던 수많은 기회가 무산된 게 바로 편견 때문이었다는 걸 잊어선 안 됩니다. 이 사건은 편견이 사실을 압도한 대표적인 사례로 기록될 만합니다. 이미 징후는 뚜렷했습니다. 그러나 대처하지 못했습니다. 입양 가정에서 그런 일이 있을 리 없다는 편견과 입양 가정이니 그럴 만하다는 편견이 다투는 동안 정작 드러나는 증거와 사실은 배제되었습니다. 막을 수 있는 일이었습니다. 하지만 막지 못했습니다.

살아가면서 편견을 아예 버리고 사는 건 불가능합니다. 다만 타인을 편의대로 나쁘게, 혹은 좋게 평가하고 단정 짓는 태도가 상상하지 못할 참극의 씨앗이 될 수 있다는 건 알아야 하는 게 아닐까. 그런 생각을 해보았습니다.

우리나라 경찰청장이 독도를 방문했습니다. 일본의 집권 여당인 자민당은 더 이상 묵고할 수 없고 정면으로 대응하겠다 공언했습니다. 결국 '대 한국정책검토회'라는 단체가 출범했습니다.

자민당 의원들이 참석한 가운데 "한국에 고통을 줄 방안을 마련하겠다"는 사회자의 인사말로 첫 번째 회의를 열었습니다. 독도뿐만 아니라 위안부 문제, 강제징용 문제, 방사능 오염수 방류 문제, 일본 수산물 규제 문제, 그리고 한국 정부의 태도와 자세에 이르기까지. 그간 마찰이 있었던 사항들에 있어서 한국에 고통과 아픔을 주는 실질적인 조치를 마련하는 게 이들의 목적이라고 했습니다. 잘못 들으신 게 아닙니다. 맞습니다. 고통과 아픔을 주는 실질적인 조치를 마련하는 것.

세상을 살다 보면 도저히 부진을 납득하거나 받아들이지 못하는 사람들이 있습니다. 그래서 스스로를 돌아보는 대신에 남 탓을 하기로 합니다. 내가 부진한 건 네 탓이며, 네가 잘나가는 건 내 것을 훔쳤기 때문이라고 생각합니다. 남 탓을 하지 않고선 스스로의 부진을 납득할 수 없는 사람들은 결국 앙심을 품고 바닥을 드러냅니다. 하물며 이게 사람이 아니라 국가 단위가 되었을 때 드러나는 바닥에는 무엇이 남아 자랄 수 있을까요.

이웃나라에 고통을 주고 싶다는 원색적이고 치졸하며 납작하기 짝이 없는 말들 앞에서, 저는 오히려 그들을 걱정하게 됩니다. 남 탓에 골몰하여 매진할수록 더욱 초라하고 시시해지는 건 결국 자기 자신뿐이기 때문입니다.

전 경기도지사가 자가격리 지침을 위반하여 강제 검진 대상이 되었습니다. 경찰 동행 요구를 무시하고, "내가 김문수인데, 내가 국회의원을 세 번 했어"라며 저항한 겁니다. 이분은 전에 경기도지사 재임 시절에도 "내가 경기도지사 김문수인데, 내가 도지사라는데 말이 안 들리나"라는 말로 정치인 밈의 새로운 장을 열었던 분이기도 합니다. 이렇게 상황과 장소를 가리지 않고 늘 자기 이름과 소속으로 관등성명을 밝히는 걸 보면 참 성정이 올바른 분 같습니다. 하지만 그러거나 말거나 3선이라 해봤자 그들만의 리그에서나 의미 있는 말이지, 리그 밖의 평범한 사람보다 더 나은 처우를 바라는 건 좀 과한 욕심 같아 보입니다.

한국은 의전 공화국이라는 말이 있습니다. 공감합니다. 딱히 권력자만 그런 게 아닙니다. 사회 거의 모든 영역에서 의전이 생활화되어 있고, 자신에게 걸맞지 않은 대우라는 생각이 들면 자꾸 이렇게 관등성명을 복창하는 분들이 너무 많습니다. 물론 다들 훌륭한 분들이겠지요. 우리가 몰라서 그렇지. 앞으로도 모를 계획이니

70

까 더 그렇지.

관등성명을 외치고 물건을 계산대 위에 집어 던지는
것보다 남에게 대우받기 훨씬 쉬운 길이 있습니다. 상
대에게 받고 싶은 대우만큼 나도 상대를 그렇게 대우해
야 한다는 작고 사소한 상식. 그걸 갖춘다면 스스로 합
당하다 생각하는 수준의 존경과 사랑이 응당 따라오지
않을까. 생각해보았습니다.

한 건설 회사 회장이 한 이야기가 도마 위에 올랐습니다. 회장은 현 국회의원의 아버지이기도 한데요. 편법으로 재산을 증여한 의혹에 대해 기자가 질문하자, "3천만 원을 가지고 올게. 나하고 인연을 맺으면 끝까지 간다"고 말한 겁니다. 기자는 청탁을 거절했고 위법임을 고지했으며 고발을 검토했습니다.

저는 저 말이 진짜인지 믿지 못했을 것 같습니다. 녹취를 듣지 못했다면 말이지요. 너무 낡고 구차해서 드라마에서도 보고 싶지 않은 광경이 현실에서 벌어집니다. 똑같이 낡았더라도 어떤 것은 유산이 되고 또 어떤 것은 쓰레기가 됩니다.

이 세상은 내가 가진 가장 빼어나고 훌륭한 것을 다음 세대에게 전수하고 싶은 마음으로 지탱된다고 생각합니다. 물려주고 싶은 가장 빼어난 것으로 돈 이외에 다른 것을 상상할 수 없는 사람의 마음은 누구보다 가난합니다. 다음 세대에게 정말 건네줘야 할 것이 무엇인지 다시 고민해봅니다.

프란치스코 교황이 동성 커플도 법적 보호를 받아야 한다며 동성결합법을 지지하고 나섰습니다. 동성결합법은 결혼에 준하는 법적 권리와 책임을 동성 커플에게 부여하는 법입니다. 그간 교황이 "선한 의지를 갖고 있는 사람이라면 그들이 동성애자라고 한들 어떻게 심판할 수 있겠는가"라는 식의 발언을 한 적은 있지만 이렇게 특정 법을 지지한다며 적극적으로 입장을 드러낸 건 처음입니다.

사실 교황에게 동성애 문제는 늘 따라붙는 오래된 화두였습니다. 그 자체가 민감한 문제이기도 하지만 교황 스스로가 즉위 전 동성애에 반대한 일이 있기 때문입니다. 이에 관해 영화 「두 교황」에서는 이런 대화가 등장합니다.

베네딕트 16세 교황이 "교회가 세속과 결혼하면 다음 시대에는 과부가 될 것이다"라고 말합니다. 자꾸 교회의 원칙을 어기고 세상의 변화를 수용하면 언젠가 교회 자체가 버림받을 것이라는 경고입니다. 훗날의 프란치스코 교황인 대주교는 "나는 타협한 게 아니라 변화한 겁니다"라고 대답합니다. 그릇된 현실과 억지로 타협한 게 아니라, 책임 있는 자세로 현실을 직시하고 생각을 정리해 입장이 변한 것이라는 의미일 겁니다.

버젓이 현실에 존재하는데도 그것이 불특정 다수를 불편하게 한다는 이유로 입에 올리지 못하는 것들이 있습니다. 현안이 되지 못하니 없는 일이 되어버리고 결국 갖가지 다른 부조리를 야기하게 됩니다.

우리 주변에 이런 게 참 많습니다. 다른 의견을 가졌다는 사실이 알려지는 게 두렵거나 소란스러운 게 싫을 때, 혹은 지지를 잃을까 침묵하게 되는 것들이 전보다 늘었습니다.

저도 그런 자신을 자주 발견합니다. 그럴 때마다 두 교황의 문답을 떠올립니다. 이 이야기는 많은 영감을 줍니다. 누군가를 구하고자 하는 자는 구제될 사람의 자격을 가리는 데 시간을 낭비하지 않을 겁니다.

맹견이 소형견을 물어 죽이는 사고가 다시 일어났습니다. 맹견에게는 입마개도, 목줄도 채워져 있지 않았습니다. 해당 맹견이 이런 사고를 저지른 건 이번이 다섯 번 째고, 입마개와 목줄을 채우지 않는 이유는 개가 답답해하기 때문이며, 견주는 사건 이후 그냥 산책하러 현장을 떠났다고 전해졌습니다. 다른 경우 같으면 적어도 우리 개는 안 물어요, 라는 흔한 변명이라도 나올 법합니다. 앞서 일어났다고 하는 네 건의 사고에서 별다른 처벌이 없었으니 가능한 행동이겠지요.

이렇게 안일한 법 적용으로 이웃의 안전과 고통에 공감하는 능력을 상실한 인간이 만들어집니다. 하늘 아래 오직 내 마음과 내 자존감과 내 행복만 중요하다는 사람들에 의해 무고한 시민의 재산과 안전이 오늘도 위협받고 있습니다.

내 동물이 혹시라도 답답할까 봐 노심초사하고 염려하는 마음의 10분의 1이라도 이웃에게 할애했다면 이런 비극은 벌어지지 않았겠지요.

이게 과연 단지 맹견을 키우는 견주에게만 해당하는 이야기일까요. 조금이라도 손해보는 것 같으면 참지 못해 보복을 하고 조금이라도 소홀하게 나를 대하는 것 같으면 참지 못해 갑질을 하는 비뚤어진 자존감으로 가득한 세상이, 저는 갈수록 두렵습니다.

사유리 씨의 출산을 계기로 비혼모에
대한 논의가 활발하게 이루어지고 있습니다. 당국에서
는 불법이 아니라고 이야기합니다. 하지만 불법이 아니
되 현실에선 불가능한 일이었습니다. 세상에는 그런 게
많습니다. 현실에서는 이미 이루어지고 있는 일인데,
이를 둘러싼 세상이 불편하다는 이유로 정면으로 바라
보기를 거부하는 것들 말입니다. 저는 사유리 씨 같은
정직하고 용기 있는 행동이 세상을 바꾼다고 생각합니
다. 바꿀 수 없다고 생각했던 것들을 바꾸어내는 놀라
운 일은 그런 사람들의 행동으로 실현됩니다.

　한 명의 부모가 어떻게 아이를 제대로 기를 수 있냐
는 말을 하는 이들도 있습니다. 저는 중학생 때부터 어
머니 밑에서 자랐습니다. 사실상 한부모 가정이었습니
다. 오랫동안 저를 괴롭히고 때로 망치기도 했던 건 제
가 한 명의 부모 밑에서 자랐다는 사실이 아닙니다. 책
임을 방기했던 다른 한 명의 부모에 대한 분노였습니
다. 혼자서도 얼마든지 아이를 훌륭하게 키워 우리 모
두를 자랑스럽게 할 수 있습니다.

앞으로 결혼을 하는 사람은 계속 줄어들고 인구 또한 감소할 겁니다. 공동체의 미래를 위해서라도 결혼을 하지 않고 가정을 이루고 싶어 하는 사람들의 마음을 감싸 안아야 합니다. 비단 비혼모 문제뿐 아니라 대리모 문제, 부양의 의무를 지지 않는 이들에 대한 보다 실질적이고 강력한 대책, 그리고 여전히 부족한 미혼모 지원 등 외면당한 가족의 현실에 관한 다양한 논의가 지속되길 기대해봅니다.

코레일 자회사인 코레일네트웍스의 사장이 법인 카드를 개인 카드처럼 사용해서 물의를 일으킨 일이 있었습니다. 사장은 사임했고 신임 사장이 취임했습니다. 이 회사는 공기업입니다. 요즘 일반 회사의 사원도 어쩌다 법인 카드를 쓰면 증빙해야 할 서류가 한가득입니다. 하물며 공기업의 사장이 법인 카드를 그런 식으로 쓰면 안 되지요.

그런데 신임 사장은 이 모든 게 마음에 들지 않았던 모양입니다. 기어이 제보자를 색출해서 분통을 터뜨렸습니다. "당신 업무가 뭐요. 네가 언제부터 나를 관리했어. 어디서 이런 해괴망측한 짓을 해. 왜 언제부터 임원들 카드를 봐, 못된 것이 아주."

가끔 우리나라를 보면 중국의 춘추 전국 시대나 남북조 시대 같다는 생각을 하게 됩니다. 왕조가 끝나고 짧은 제국과 식민지의 시기를 거쳐 공화국이 된 지 이미 오래되었는데, 각지에서 작은 소왕들이 난립해 왕을 참칭하고 있는 겁니다. 이들은 앞다투어 자기 영역에서 왕으로 군림하며 엄연한 법과 질서를 무시하고 조직이 아닌 왕조를 운영합니다.

회사에서 그렇고 종교에서 그렇고 가정에서 그렇습니다. 역사 속의 소왕들은 불특정 다수와의 경쟁에 목숨을 걸고 성과 명운을 함께하기라도 했습니다. 한국의 소왕들은 법과 질서가 보장하는 권리로 성의 외벽을 쌓고, 그 안에서 법과 질서 따위는 무시한 채 김일성처럼 행동한다는 게 유일한 차이점입니다.

감히 임원들 카드를 들여다보는 아주 큰 실수를 한 못된 것들이 우리 사회 전역에 좀 더 많아져야 하지 않을까, 생각해보았습니다.

약삭빠른 것과 기민한 것을 가르는 가
장 중요한 자질은 염치라고 생각합니다.

개인의 자유와 공동체에 대한 책임감 가운데 어느 것도 서로에 우선하거나 우월하지 않습니다. 자유라고 말하고 싶을 때 책임감을 떠올리고 책임감을 권하고 싶을 때 자유를 염려하는 내 안의 균형감각을 찾아야 합니다.

또다시, 음주운전 사고입니다. 을왕리 사건 이외에도, 대낮에 만취 상태로 운전하다 여섯 살 아이를 사망에 이르게 한 사례도 등장했습니다. 음주에 유독 너그러운 현행 법체계와 술 마시면 그럴 수도 있다는 식의 뿌리 깊은 문화, 그리고 과도한 음주 능력을 남자답고 멋진 것으로 표현해온 미디어, 공동의 책임입니다.

두 사건 모두 윤창호법이 적용된다고 합니다. 윤창호법은 음주운전으로 인명 피해를 낸 운전자의 처벌 수위를 높이는 내용입니다. 하지만 저는 윤창호법이 음주운전자를 줄이는 데 별 효과가 없다고 생각합니다. 술을 마시고 운전대를 잡는 사람 가운데 자신이 인명 피해를 낼 것이라고 전제하는 사람은 아무도 없기 때문입니다.

주취감경, 혹은 주취감형이라는 말 들어보셨지요. 조두순이 바로 이 주취감경으로 형벌을 줄이는 데 성공했습니다. 그는 그렇게 출소했습니다. 성범죄에 한해 주취감경을 인정하지 않는다는 특례법 개정이 이미 몇 해 전에 이루어졌습니다. 하지만 저는 이게 범죄의 종류와 성격에 따라 다르게 적용되어야 할 원칙인지 의문입니다.

주취감경의 법리적 근거는 음주로 인한 심신미약 상태에서 벌어진 범죄에 의도가 있다 보기 어렵다는 데 있습니다. 음주운전으로 사고를 냈더라도, 그게 일부러 한 것이겠냐는 의미입니다. 그렇다면 앞서 소개한 특례법 개정에서 이미 그 법리적 근거는 깨진 겁니다. 또한 음주 상태에서의 성범죄와 운전은 서로 굉장히 닮았습니다. 둘 다 애초 범죄 실행을 계획하고 실행했다고 해도 무방할 만큼 재범률이 높기 때문입니다. 음주 상태에서 성범죄를 저지른 사람은 술을 마시고 다시 성범죄를 저지릅니다. 음주 상태에서 운전하는 사람은 술을 마시고 다시 운전대를 잡습니다.

적용 대상을 가리지 않고 모든 주취감경을 없애는 게 이치에 맞습니다. 성인이 자기 선택과 의지에 따라 술을 마시고 심신미약 혹은 심신상실의 상태에 이르러 범죄를 저질렀다면, 그런 상태를 유발한 행위 자체에 이미 위법성이 있다고 봐야 합니다. 이게 왜 가중처벌이 아니라 감경의 대상입니까. 이게 왜 원칙이 아니라 법 감정이라는 말을 들어야 합니까. 이거 바꿔야 합니다. 우리 몫입니다.

어렸을 때는 모험가가 꿈이었습니다. 그것도 아니라면 고고학자가 되고 싶었습니다. 「인디아나 존스」 때문입니다. 도대체 이 시리즈를 몇 번을 반복해 봤는지 셀 수가 없습니다. 좋은 나치는 죽은 나치 뿐이라는 교훈과 함께, 인디아나 존스 박사의 핵 펀치를 맛볼 수 있는 이 시리즈는 동세대 많은 이들에게 꿈과 희망을 주었습니다.

「인디아나 존스」 이야기는 늘 강의 중인 존스 박사가 의뢰를 받고, 현지에 가서 죽을 고생을 한 뒤 보물을 찾고 돌아와 박물관에 기증하는 걸로 마무리됩니다. 혹은 저 악명 높은 미국 네바다주의 51구역 창고에 보관합니다.

좀 이상하다는 생각이 들기 시작했던 건 나이를 먹은 이후입니다. 왜 멀쩡히 잘 있는 남의 나라 보물을 도굴하는 건지, 그걸 미국이 가지고 있으면 반드시 더 좋은 것인지. 그 가치를 본래 주인보다 더 잘 알고 있고, 훨씬 더 훌륭하게 보관할 수 있기 때문이라고 이 영화들은 이야기하는 듯합니다. 정말 그럴까요?

해외 열강에 빼앗기거나 반출되어 돌려받지 못한 우리나라의 문화재는 국외소재문화재재단 통계 기준으로 전 세계 21개국에 걸쳐 18만 2천여 점에 이릅니다. 이들은 자신들의 박물관 인프라가 인류 유산을 보관하고 관리하기에 더 좋다는 주장을 합니다. 설사 관리할 능력이 부족하다 하더라도 그건 우리의 한계이자 극복해야 할 과제 아닐까요. 어디까지나 우리 문제라는 겁니다. 열강의 시대에나 통했던 도둑의 권리가 지금도 여전합니다. 유출 경로가 확실하지 않은 경우에는 이런 해명마저도 들을 수 없습니다. 언제쯤 우리 것을 우리 손으로 지키고 다음 세대에게 물려줄 수 있는 걸까요.

왜 악인은 오래 살까요. 현존하는 가장 오래된 구약성경 판본 가운데 70인역이라는 게 있습니다. 그 70인역에 지혜서라는 책이 있는데요. 개신교에선 다루지 않고 천주교에선 제2경전으로 인정합니다. 그 내용은 이렇습니다.

"의로운 자는 이르게 죽더라도 안식을 얻는다. 영예로움은 장수로 결정되지 않고 살아온 햇수로 셈해지지 않는다. 짧은 삶 동안 완성에 이르렀기에 그는 오랜 세월을 채운 셈이다. 죽은 의인이 살아 있는 악인들을, 일찍 죽은 젊은이가 불의하게 오래 산 자들을 단죄한다. 장수하는 악인들은 의인의 이른 죽음을 보고 냉소하지만 오히려 주님께서 그들을 비웃으신다. 장수하는 악인들은 나중에 수치스러운 송장이 되어 죽은 이들 가운데서 영원히 치욕을 받을 것이다. 소리조차 지르지 못하는 그들이 바닥으로 내동댕이쳐지고 완전히 쇠망한 채 고통을 받으며 그들에 대한 기억마저 사라질 것이다."

지혜서 4장 7절부터 19절까지의 이야기입니다. 제목은 '의인의 요절과 악인의 장수'입니다. 저는 종교가 없지만 각기 다른 경전들을 읽으면서 위안을 얻을 때가 많습니다. 전두환 씨가 90세를 일기로 세상을 떠났습니다. 흉터와 사연으로 다져진 한국 현대사라는 이름의 구릉 위, 요절한 젊은 의인들의 안식을 바라며. 전두환 씨의 사망 소식에 문득문득 치밀어 올랐던 성기고 낯선 마음들을 가지런히 정돈해봅니다.

이선호는 스물세 살의 젊은 청년입니다. 군에서 전역한 그는 생활비를 벌어보겠다며 평택항에서 아르바이트를 시작했습니다. 그리고 2021년 4월 22일 정리 작업을 하다가 컨테이너 벽에 깔려 죽었습니다.

　　스무날이 지나도록 그의 빈소는 그 자리에 있었습니다. 사과를 받기 전 장례를 치를 수 없다고 말하는 아버지의 눈은 단단하고 붉었습니다. 원청 업체 측은 고인이 안전모를 쓰고 있지 않았다고 지적했습니다.

　　저는 안전모를 쓰고 있다고 해서 3백 킬로그램의 컨테이너 벽 밑에서 살 수 있다고 생각하지 않습니다. 더군다나 현장에는 안전관리자가 없었고 안전모를 따로 지급하지도 않았습니다. 2021년에만 2천 80명이 산업재해로 사망했습니다.

　　이선호의 죽음 이후 오늘까지 산업재해로 셀 수 없이 많은 노동자가 더 죽었습니다. 산업 현장의 안전사고에 원청 업체가 책임을 지는 건 언뜻 당연한 상식처럼 보입니다. 그러나 위험한 업무를 외주 업체와 협력 업체에 전가하고 등 돌리는 현실 앞에서는 그런 상식이 경제 발전을 가로막는 허튼소리가 됩니다.

중대재해처벌법이 해결책이 될까요. 저는 잘 모르겠습니다. 시민을 대표한다는 의원들에 의해 이미 누더기로 수정되어버렸기 때문입니다. 그게 정말 시민의 뜻을 대변한 걸까요. 그 또한 저는 잘 모르겠습니다. 하지만 말입니다. 다만 불의한 죽음에 무감각해지지 않는 것이 중요하다는 걸 알고 있습니다. 그것은 사람이 사람일 수 있는 최후의 마지노선입니다.

그리스 로마 신화에는 다섯 개의 강이 등장합니다. 죽으면 누구나 건너야만 하는 강입니다. 첫 번째 아케론강을 지날 때 사공에게 뱃삯을 지불해야 합니다. 그래서 고대 그리스인들은 망인을 안장할 때 동전을 함께 묻었습니다. 두 번째 코키투스강에서는 과거의 모습을 만납니다. 내가 그간 어떻게 살아왔는지, 어떻게 죽음에 이르렀는지 알게 됩니다. 그래서 이 강을 지나는 이들은 모두 괴로워한다고 합니다. 세 번째 플레게톤강에서 정화된 영혼은 네 번째 레테강을 거쳐 다섯 번째 스틱스강으로, 그리고 마침내 심판을 받으러 떠납니다.

그 가운데 레테강에는 망각의 강이라는 또 다른 이름이 붙어 있습니다. 이곳에 당도한 자들은 강물을 마시고 앞에서 떠올린 모든 과거를 잊게 됩니다. 모든 과거를 복기하게 만들어 내 삶의 전모를 알게 하고, 다시 그 모든 과거를 잊게 만든다는 사후의 과정에 관해 떠올릴 때마다 저는 평안을 얻습니다. 아프고 억울하게, 붙들리듯 가라앉고 사라져간 이들이 꼭 그 강물을 삼키고 안식을 얻었기를 바라며 안도합니다.

세월호 참사의 그날이 돌아올 때마다 생각합니다. 우리는 그날 여러분이 충분히 살아남을 수 있었던 사고 이후, 어떤 일들로 죽음까지 이르게 되었는지 잊지 않았습니다. 그리고 출신과 성향의 벽을 넘어 모두가 한마음으로 두 번 다시 그런 일이 일어나지 않도록 노력하고 있습니다. 다만 여러분은 그 모든 걸 잊었기를 바랍니다. 오직 빛과 평온만이 가득하길 바랍니다. 고인들의 명복을 빕니다.

널리 인간을 이롭게 하라. 홍익인간은 우리나라의 비공식 국시이자 교육이념입니다. 저는 이 말이 참 좋습니다. 그 말의 기원이 유구하다는 민족적인 이유가 아닙니다. 이토록 단호하고 선명하게 인류가 나아가야 할 이상을 표현한 말은 없기 때문입니다. 이웃을, 인류를 널리 이롭게 하겠다는 이상을 실천하기 위해 여기 국가 공동체를 세우고 시민교육의 이념으로 삼겠다는 마음이 아름답습니다.

이 홍익인간을 삭제하겠다는 일부개정법률안이 발의되는 소동이 있었습니다. 교육기본법 제2조 교육이념의 홍익인간이나 인류공영과 같은 말이 지나치게 추상적이라는 이유에서입니다. 저는 널리 인간을 이롭게 하라는 말이 추상적이라고 생각하지 않습니다. 그것이 추상적이라 할지라도 큰 틀의 방향을 제시하는 교육이념이 구체적이어야 하는 이유를 모르겠습니다. 나아가 여태 교육이념의 비구체성 때문에 교육계의 문제가 비롯했었다고 생각하지 않습니다.

교육기본법의 홍익인간과 인류공영이라는 말이 추

상적이기 때문에 삭제해야 한다면, 우리 헌법 전문 또한 고쳐야 합니다. 우리 헌법 전문에서 역시 "항구적인 세계평화와 인류공영에 이바지함"이라는 말을 통해, 널리 인간을 이롭게 하여 인류공영을 이룬다는 홍익인간의 의지를 선언하고 있기 때문입니다.

말이 추상적이라 법을 고치겠다는 사람들이 헌법 전문의 비구체성은 어떻게 견디는지 모를 일입니다. 홍익인간이라는 말 때문에 이 나라의 교육이 다 망하고 허물어져 학생들이 방황하고 있다면, 최소한 공론화하여 시민의 동의를 얻은 이후 고쳐도 늦지 않습니다. 왜 우리가 모르는 사이에 이런 일이 벌어진 걸까요. 그 이유야말로 홍익인간과 인류공영이라는 말보다 추상적이지 않을까요. 홍익인간 삭제는 소동에 그쳤습니다. 새삼 국회가, 국회의원이라는 자들이 대체 무엇을 하는 사람들인지 생각해보는 계기가 되었습니다. 그들은 반드시 해야 하는 일은 방관하고 굳이 할 이유가 없는 일을 탐구하며 사적인 이익이 되는 일에 매진하는 사람들입니다.

모든 일에는 원인과 결과가 있지요. 그렇지 않아 보이는 일조차, 그러니까 단순한 불운이라 여겨지는 사건조차 추적해보면 그럴 만한 원인이 있고 그에 따른 결과가 있을 뿐입니다. 그래서 문제를 해결하고자 하는 자는 원인을 추적합니다. 원인을 알아야 결과를 막을 수 있습니다. 그런데 간혹 엉뚱한 일이 벌어지고는 합니다. 원인을 배제하고 결과에만 주목하는 겁니다.

이를테면 강물이 넘치는 걸 막고 있는 둑을 봅시다. 강물이 넘치지 않는 결과는 둑이 막고 있기 때문이라는 원인이 있기에 가능합니다. 그런데 이렇게 주장하는 사람이 나타납니다. 이걸 봐라, 강물이 조금도 넘치지 않는데 왜 이렇게 큰 둑이 필요한가. 이런 사람들에게 힘이 실리면 결국 둑은 해체되고 마을은 물에 잠기게 됩니다. 바보 같아 보이지만 실제 역사에서, 그리고 현실에서 이런 일은 종종 벌어져 왔습니다.

"지금까지 코로나19로 돌아가신 분은 3백 명밖에 되지 않습니다. 정부는 교회를 이간질할 게 아니라 화합

해야 합니다." 부산기독교총연합회 회장의 이야기입니다. 2년 전 여름이었습니다. 다시 봐도 놀라운 말입니다. 3백 명밖에. 단지 수치를 읽은 것에 불과하다 변명하더라도 마찬가지입니다. 생명의 가치를 숫자로 환산하는 건 행정가가 짊어져야 할 책무이지 종교인의 일이 아닙니다.

하지만 일단 그 부분은 제쳐두더라도 이런 현실 인식에는 문제가 있습니다. 그가 당시 언급했던 사망자 수는 우리 시민 공동체와 방역당국이 일상과 생계를 포기해가며 분투한 결과였기 때문입니다. 그런 원인은 제거하고 결과만 논하며 우리 일이 분탕질처럼 보여도 사실 그렇지 않다고 주장하는 건, 강물이 넘치지 않는데 왜 이렇게 큰 둑이 필요하냐는 말처럼 어리석고 부질없습니다.

나의 투쟁으로 너를 희생시키겠다는 마음은 원칙일 수 없습니다. 그건 종교인의 원칙도, 인간의 원칙도 아닙니다. 위기를 극복하고 일상으로 돌아갈 수 있다는 흔들리지 않는 의지와 끈기, 그리고 이웃을 향한 배려만이 환란을 이길 수 있는 유일한 길입니다.

만약에, 라는 생각에 침잠할 때가 있습니다. 만약에 확진자가 동선을 숨기고 거짓말을 하지 않았다면. 만약에 애초부터 정치적 부담을 감수하고 특정 종교시설에 대한 강력한 방역 규제를 실시했다면. 만약에 법원이 목사의 보석을 허가해주지 않았다면. 만약에 법원이 광장에서의 집회를 허가해주지 않았다면.

하지만 과거라는 큰 돌 아래 깔려 신음하는 대개의 고통이 그러하듯, 이 또한 소용없는 한숨일 뿐입니다. 벌어진 일은 벌어진 일입니다. 눈앞의 일을 수습하고 정리하고 다음 일을 하는 게 언제나 더 중요합니다.

한강 뚝섬 편의점에 확진자가 들렀던 것으로 확인되었습니다. 한강에 수많은 인파가 밤늦도록 몰려 자연과 날씨를 즐기고 술을 마셨던 날입니다. 편의점 안팎으로 줄이 길게 늘어서 있던 사진을 기억합니다. 지금 우리 사회에는 배려하고 희생하는 사람들의 세계와 지금 당장 누릴 수 있는 모든 것에 탐닉하는 사람들의 세계가 겹쳐져 있습니다. 집 안에 갇히고 학교에 못 가고 직장이 문을 닫고 가게의 월세를 내지 못하는 이들에게 이런 세계의 풍경은 서로 다른 평행우주를 관측하는 것처럼 생경합니다.

이런 식으로는 지금의 재난이 결코 끝나지 않을 거라는 게 문제입니다. 누리는 자에 의해 터지고 희생하는 자에 의해 수습되고, 다시 누리는 자에 의해 터지고 희생하는 자에 의해 수습되는 게 반복되며 배려와 희생의 시간이 영겁처럼 길어지고 있습니다.

제아무리 회복이 빠른 공동체도 이런 걸 버틸 수는 없습니다. 그런 건 존재하지 않습니다. 또 다른 만약에, 앞에 우리 모두 무너질까 봐. 그게 가장 두렵습니다.

앰뷸런스 시뮬레이터라는 게임이 있
는데요. 실제 구급대원이 되어 앰뷸런스를 몰며 위급한
상황에 처한 사람들을 구하는 내용의 게임입니다. 이
게임이 우리나라에서 만들어졌다면 심폐소생술을 하
는 기술 대신에, 상대의 공격을 피하는 회피 기능이나
도망치는 기능이 추가되었을지 모르겠습니다.

구급대원에 대한 폭행이 갈수록 늘고 있습니다. 가해
자의 90퍼센트가 술에 취한 사람들입니다. 욕설, 성추
행, 폭언 같은 건 너무 흔해서 통계로 조사하지도 않습
니다. 늘 언제 맞을지 모를 환경인 겁니다. 소방관 강연
희 씨가 구급차로 이송 중이던 주취자에게 머리를 가격
당한 이후 뇌출혈로 사망한 일이 있었습니다. 달라진
게 없습니다.

주먹을 휘두르는 취객을 제압하다가 상처를 입혔다
는 이유로 소방관이 벌금형을 받은 일도 있었습니다.
이후로 현장에서 더욱 위축될 수밖에 없는 상황입니다.
도와주려는 사람에게 폭행을 가하는 사람의 마음을 저
는 어떻게 이해해야 할지 모르겠습니다. 해골이 그려진

마약성 진통제를 다섯 번 연달아 맞아도 여전히 아파서 차라리 죽고 싶었던 암 병동에서의 날들이 떠오릅니다. 그래도 의료진에게 화를 낼 수는 없었습니다. 그 사람들 때문이 아니지 않습니까. 이건 당연한 겁니다. 누구든 그렇게 생각하고 행동할 겁니다. 주취자만 제외하고 말입니다.

구급대원을 폭행하면 5년 이하 징역이나 5천만 원 이하 벌금에 처해집니다. 형법 제136조 공무집행방해의 조항을 적용하면 벌금 1천만 원이 부과됩니다. 하지만 실제 이런 처벌에 이르는 경우는 없습니다. 사소한 처벌에 그칩니다. 법은 있는데, 실제 양형이 그에 미치지 못합니다. 법원이 구급대원에 대한 폭행을 양성하고 있다고밖에는 다르게 설명할 방법이 없습니다.

밤이 되면 거리는 다시 취객들로 넘쳐나겠지요. 그 밤길을 바쁘게 달릴 구급대원이 폭행의 위협을 느끼지 않고 일할 수 있는 세상을. 도움이 필요한 사람이 도움을 주고자 달려온 사람에게 고마움을 느끼는 세상을. 제아무리 꼬부라진 혀라도 최소한의 염치 앞에선 바로 펴지는 세상을 빌어봅니다.

더불어 살아간다는 마음이 거창한 게 아닐 겁니다. 꼭 친구가 되어야 할 필요도 없고 같은 편이나 가족이 되어야 할 필요도 없습니다. 그저 내가 이해받고 싶은 만큼 남을 이해하는 태도, 그게 더불어 살아간다는 마음의 전모가 아닐까 생각해보았습니다.

3부 공존

이웃의 자격

"누가 강도 만난 자의 이웃이 되겠느
냐." 누가복음 10장 36절.

　선한 사마리아인 비유 들어보셨지요. 착하게 살라는
이야기 정도로 느슨하게 기억하는 분이 많을 겁니다.
들여다보면 조금 더 복잡합니다. 유대인과 사마리아인
은 뿌리가 같습니다. 그러나 역사적 험로를 거쳐 팔레
스타인으로 돌아온 유대인들은 자신들만이 진짜 유대
민족이라 여겼습니다. 팔레스타인에 남아 있었던 사마
리아인은 민족의 수치고 혼혈이라며 멸시했지요. 우리
가 진짜고 너희는 가짜다. 병적인 수준의 지역감정을
연상하면 비슷합니다.

　강도를 만나 초주검이 된 사내가 길에 쓰러져 있습
니다. 율법학자와 레위 사람은 그를 지나쳐갔습니다.
그러나 사마리아 사람은 지나치지 않았습니다. 그는
사내를 치료하고 여관에 맡기고 보살펴달라 부탁했습
니다. 비용이 더 들면 나중에 돌아와 갚겠다고도 말했
습니다. 누구나 멸시하는 사마리아 사람은 도왔는데
누구에게나 존경받는 율법학자와 레위 사람은 돕지 않

았다, 그렇다면 이 중에 누가 네 이웃이냐는 게 예수의 질문입니다.

즉, 선한 사마리아인 비유는 단지 이타적인 사람이 되라는 게 아닙니다. 이건 이웃의 자격에 관한 이야기입니다. 이웃의 자격을 나누고 심사하려는 자들을 꾸짖는 이야기입니다. 이웃은 성별이나 정체성, 겉모습과 가치관, 너의 편과 나의 편으로 결정되는 게 아니라 오직 행동으로 결정된다는 것입니다.

큰비가 내렸습니다. 전남 구례군 구례읍 봉동리가 물에 잠겼습니다. 시민 두 사람이 보트를 타고 나섰습니다. 그리고 아무런 대가 없이 감전의 위험을 무릅쓰고 무려 마흔 명의 사람을 구했습니다. 자신들의 삶의 터전은 모두 잃어버린 채 말입니다. 그들의 이야기를 담은 기사 아래에선 엉뚱한 댓글들이 불타올랐습니다. 정권 이야기, 4대강 이야기, 지역 비하 이야기 들이 영영 끝나지 않을 다툼을 계속했습니다. 여러분은 어떤 이웃이 되고 싶으십니까. 최봉석, 손성모 님 고맙고 존경합니다.

밖에 비가 내리는데 들고 가야 할 짐이 너무 많다며 우산을 가지고 나가지 않기로 결정한 사람이 있습니다. 이웃이 말렸지만 그는 끝내 그렇게 했습니다. 결국 그는 비에 흠뻑 젖었습니다.

그는 너무 젖었다며 이웃에게 불평을 늘어놓았습니다. 이웃은 놀랐습니다. 누가 너에게 우산을 쓰지 말라고 한 게 아니다. 네가 결정한 것이다. 비가 이렇게 내리는데 우산을 쓰지 않기로 하고서는 젖을 걸 애초에 예상하지 못했다는 말인가. 그럼 무슨 요행이라도 생겨서 우산을 쓰지 않고도 젖지 않기를 기대했다는 말인가.

비가 오는 날 우산을 쓰지 않기로 결정했다면 물을 뒤집어쓰는 건 당연한 일입니다. 놀라운 일이 아니지요. 우리는 가끔 그렇습니다. 발등을 찍어놓고 아프다고 하거나 놀라는 일 말입니다. 인간이라 그렇습니다. 누구나 예상할 수 있는 혼란을 선택하고서는 혼돈에 허물어지고 방황하기보다 실수를 인정하고 마음을 다스려 다음 일을 모색해야 주저앉지 않을 수 있습니다.

빗길에 무턱대고 나섰다면 망연자실할 시간에 비를   104

피할 곳을 찾고 그런 이웃을 말리지 못했다면 어리석다 탓할 시간에 우산을 나누어 함께 걸어가야 하겠습니다.

요즘 초등학교에서 친구를 엘사라고 부르는 일이 있다고 합니다. 너는 엘사 1, 너는 엘사 2, 이런 식으로 부른다고 합니다. 무슨 의미인지 봤더니 LH, 그러니까 임대 주택에 사는 아이를 부르는 멸칭이라고 하네요.

못사는 아파트 아이들이 우리 아파트 쪽으로 넘어와서 놀면 부동산 가격 떨어지니까 넘어오지 못하도록 울타리를 쳐달라는 이야기를 들은 적이 있습니다. 여러분도 들었을 겁니다. 그런 부모 밑에서 아이들은 일찌감치 인간의 가치를 돈으로 구분하는 방법을 배웁니다. 이제 그 아이들이 학교에 진학해서 임대 거지, 휴먼 거지, 엘사, 이런 말로 친구들 사이에 선을 긋고 있는 것이겠지요.

우리가 어쩌다 이 모양이 되었을까요. 이런 부모들의 진짜 무서운 점은 딱히 미치거나 나쁜 사람이 아니라는 사실입니다. 그냥 아파트가 전 재산인 보통 사람입니다. 그런데 저런 이야기를 늘어놓는 걸 주저하지 않습니다. 심지어 솔직한 거라고 생각하기도 합니다.

별로 비싼 아파트 살지도 않으면서 웃긴다거나 딱히 큰 부자도 아닌데 갈잖다거나. 그렇게 대응하는 경우가 많습니다. 하지만 그 또한 밑바닥을 드러내는 말입니다. 정말 부자고 정말 비싼 아파트면 그렇게 해도 된다는 걸까요.

돈으로 사람의 위아래가 구분되는지 잘 모르겠습니다. 형편없는 삶을 살았다면 그런 결론에 이를 수 있을 것 같기도 합니다. 저는 사람을 구분 짓는 데 관심도 없고 능력도 없습니다. 다만 천한 사람이 무엇인지는 알 것 같다는 기분입니다. 생각이 천한 사람은 스스로도 문제가 뭔지 모르기 때문에 구제하기 어렵습니다. 참아주고 있는 쪽이 누군지, 우리 공동체를 위해 정말 울타리 안에 갇혀야 할 쪽이 누군지 생각해볼 만한 문제입니다.

영화 「시네마 천국」에는 오래된 논쟁거리가 있습니다. 개봉판과 감독판 가운데 뭐가 더 좋냐는 것입니다. 개봉판은 주인공 살바토레의 사연을 많이 덜어냈습니다. 감독판은 원인과 결과가 명확하게 드러납니다. 개봉판은 첫사랑의 아픔에 절망하는 젊은이 같습니다. 감독판은 첫사랑의 아픔을 그리워하는 중년과 같습니다. 둘 중에 뭐가 더 좋냐는 질문은 무의미합니다. 이 영화에서 중요한 건 애틋함이 아니라 삶에 담긴 파도 같은 감정들을 다스리는 태도 그 자체니까요.

나이를 먹은 살바토레가 알프레도의 필름을 보며 웃고 우는 영화의 마지막 장면을 모두 좋아합니다. 저도 좋아합니다. 하지만 가장 먼저 떠오르는 장면은 따로 있습니다.

중년의 살바토레가 다시 찾은 고향. 그 중심에 철거를 앞둔 극장 시네마 천국과 광장이 있습니다. 오래전 이 광장에서 수많은 이들이 알프레도가 틀어주는 영화를 보며 삶을 만끽했습니다. 광장은 자기 것이니 영화를 보고 싶으면 입장료를 내라고 소리 지르는 거지 광인이 있었고요. 그는 지금쯤 어디서 무얼 하고 있을까요.

40년 전의 일입니다. 그토록 넓어 보였던 광장은 손바닥만 하게 보입니다. 광장이 줄어든 걸까요, 내가 커져버린 걸까요. 모두가 늙거나 죽었습니다. 이제 극장도 죽으려고 합니다. 극장의 철거가 시작되는 광장의 모습. 지켜보는 사람들의 표정에 복잡한 감정이 스칩니다. 마침내 극장이 무너지고 광장에는 모래 먼지가 수북합니다. 그때 어디선가 익숙한 사람이 나타납니다. 광인입니다. 아직 살아 있었나. 유령 같은 광인이 군중 속을 헤치며 소리칩니다. "광장은 내 거야! 여기는 내 광장이야! 반값이라도 내야 해!"

모든 것이 변하는 가운데 변하지 않는 것들이 있습니다. 저는 그게 참 슬픕니다. 변하는 모든 것에는 이유가 있습니다. 변하지 못하는 것들에는 그보다 더 큰 사연이 있습니다. 우리 주변에도 미처 변하지 못하고 있는 것들이 있습니다. 한번 유심히 둘러보는 건 어떨까요.

살면서 딱 한 번 기절할 뻔한 적이 있었는데요. 군대에서였습니다. 작은 골방에서 화가 잔뜩 난 부사관에게 일방적으로 구타와 폭언을 듣고 있었는데요. 내가 아무리 논리적으로 해명을 해봤자 이 사람이 절대 납득할 리 없다는 걸 깨닫는 순간, 머리가 멍해지면서 갑자기 구토가 밀려오고 손발을 마음대로 쓸 수도 없고 휘청거리더라고요.

당시에는 쇼하지 말라는 부사관 말을 듣고 분한 마음에 혀를 깨물어가며 간신히 정신을 차렸는데요. 떠올려보면 나를 살릴 수도 죽일 수도 있다고 믿는 사람 앞에 던져진 내가 스스로를 지킬 수 있는 방법이 아무것도 없다는 데 절망했던 게 아닐까 싶습니다. 적어도 이 간힌 세계 안에선 말이지요.

꼭 군대만이 아닙니다. 살면서 우리는 갇힌 세계를 자주 목격합니다. 그리고 그 안에서 살아갑니다. 가정이 내가 아는 세상의 전부인 자녀가, 학교가 전부인 학생이, 직장이 전부인 직장인이, 혹은 운동이 세상의 전부인 선수가 있습니다. 그들이 믿을 수 없을 만큼 작은

110

권력을 가지고 세상을 다 가진 것처럼 구는 자들의 알량한 폭력에 쉽게 굴복하고 절망하는 이유는 그곳이 갇힌 세계이기 때문입니다. 갇힌 세계에서는 나아질 수 있다는 희망을 도무지 품기 어렵기 때문입니다.

병사들에게 휴대전화를 사용할 수 있게 허용한다는 말을 들었을 때를 기억합니다. 잘못된 결정이라고 생각했습니다. 그러다 휴대전화를 사용할 수 있게 허용한 이후 탈영과 자살이 급격하게 줄었다는 통계를 보았습니다. 그 자리에 서서 오랫동안 많은 생각을 했습니다. 지금 고통을 겪고 있는 거기가 세상의 전부가 아니며 반드시 나아질 수 있다는 희망을 허락하는 것. 누군가는 성공을 하고 또 누군가는 실패하겠지만 적어도 누구도 고립되지 않게 하는 것. 그런 것이 가정폭력, 학교폭력, 직장 내 따돌림에 대처하는 첫걸음이 아닐까요.

고다이바 부인은 남편에게 불만이 있었습니다. 영주인 남편이 너무 가혹한 세금을 거둬들여 주민들이 고통을 호소했기 때문입니다. 그녀는 남편에게 세금을 내리라 간청했습니다. 남편은 부인에게 알몸으로 말을 타고 마을을 한 바퀴 돌고 오면 세금을 내리겠다 약속했습니다. 한마디로 허튼소리 하지 말라는 것이었지요. 그런데 부인은 정말 그렇게 하기로 마음먹었습니다. 마을 사람들은 부인의 생각을 알고 감동했습니다. 그래서 부인이 말을 타고 마을을 도는 동안 절대 그녀의 알몸을 보지 말자는 다짐을 했습니다. 부인이 말을 타고 마을을 도는 동안 거리에는 개미 한 마리 보이지 않았습니다. 하지만 재단사 톰은 호기심이 너무 많았습니다. 톰은 참을 수 없었습니다. 그는 몰래 부인을 훔쳐보았습니다. 약속된 시험이 끝나고 남편은 세금을 내릴 수밖에 없었습니다. 그리고 영문을 알 수 없는 일이지만, 부인을 훔쳐보았던 톰은 눈이 멀어버렸습니다. 이 이야기 이후로 훔쳐보는 톰을 의미하는 '피핑 톰Peeping Tom'은 관음증을 대표하는 말로 자리 잡았습니다.

타인의 사생활을 들여다보는 일은 재미있고 흥미롭습니다. 나와 남 사이의 보편성을 확인하며 안심하고, 다른 점을 바라보며 우월감을 가질 수 있기 때문입니다. 이제는 아예 대놓고 훔쳐봐달라며 본능적인 쾌락을 충족시켜줄 콘텐츠들이 우리 주위에 차고 넘칩니다. 공익과 아무런 관련이 없는 것들이 매대 위에 끊임없이 진열됩니다. 처음 들어보는 사람의 사생활이 낱낱이 파헤쳐져 뉴스가 되고 있습니다. 선을 넘었다는 생각이 듭니다.

그 매대 위에는 누구든 올라갈 수 있습니다. 순진한 옛이야기와 달리 훔쳐보는 톰은 언젠가 자신 또한 벌거벗고 말을 타야 합니다. 법을 어기거나 혼인 계약을 깨거나 타인에게 합의 없는 접촉을 시도한 게 아닌 이상, 우리는 성인이 자기 삶을 즐기기 위해 밤에 무엇을 하는지에 관해 관심을 끄고 보호해줄 필요가 있는 게 아닐까. 그런 생각을 해보았습니다.

발티모라의 「타잔 보이」라는 노래 기억하시나요. 부른 사람은 몰라도 후렴구 들으면 다들 아는 곡입니다. 지미 맥쉐인은 이 곡으로 유명해졌지만 불행한 삶을 살았지요. 보수적이기로 유명한 북아일랜드의 데리에서 태어나 자랐는데 입고 다니는 것도 하고 다니는 것도 너무 튀었어요. 사람들이 괴롭히는 건 불 보듯 빤한 일이었지요. 훗날 고향을 떠나 이 노래로 세계적인 유명세를 떨쳤지만 영광은 길지 않았습니다. 프로듀서에게 버림받고 그룹도 해체된 이후 사랑하는 사람과 조용히 살고 싶어 했지만 돈도 떨어지고 나쁜 병에 걸려버렸어요. 남은 생을 고향에서 보내고 싶었던 그는 가족에게 돌아갔으나 고향은 여전히 그를 반기지 않았습니다. 그는 수시로 두들겨 맞아 이와 뼈가 부러졌고 멸시와 냉대 속에서 쓸쓸한 죽음을 맞이했습니다. 그의 고향은 그를 외면했지만 그는 여전히 이곳이 배출한 유일한 유명 인사입니다. 공동체가 그에게 특별할 것도 없는 아주 조금의 연민과 지지를 보여주었다면. 조건과 자격을 따지지 않고 그를 이웃으로 대해주었다면 얼마나 좋았을까. 이웃에게 서로가 서로를 구원해줄 전능한 힘 같은 건 없지만, 적어도 비참하게 만들지 않을 힘 정도는 가지고 있기 때문입니다.

90년대 초반에 '휴거 소동(예수가 재림할
때 선택받은 사람들이 천국으로 올라가 그와 만난다는 것)'이 있었
습니다. 동네 길가에 벽마다 빨간 스프레이로 날짜와
십자가가 그려졌습니다. 친구 가운데 하나는 그걸 심각
하게 믿는 눈치였습니다. 친구는 휴거 전날 학교에 오
지 않았습니다. 저는 정말 휴거가 오면 어떻게 되는 걸
까 상상해보았습니다. 휴거는 오지 않았습니다. 다음
날 학교에 갔더니 친구가 돌아와 있었습니다. 아이들이
친구를 둘러싸고 놀려댔습니다. 시간이 지나 친구에게
넌지시 물어봤습니다. "휴거가 왜 오지 않은 거니." 친
구가 말했습니다. "휴거는 일어났어. 그런데 지상이 아
니라 하늘에서 먼저 이루어진 거래."

내가 가지고 있는 견해와 수집한 사실이 서로 모순되
는 걸 인지부조화의 상태라고 말합니다. 사람은 이런
인지부조화의 상태를 견디기 어려워합니다. 그래서 될
수 있으면 자기 견해를 강화하는 사실만을 편향해서 수
집합니다. 이를 확증편향이라고 합니다.

우리는 흔히 착각합니다. 부정할 수 없는 증거와 사

실을 보여주면 납득할 거라고요. 하지만 이미 자기 견해를 고수하기 위해 나름의 희생을 치른 사람들에게는, 내가 틀렸다는 걸 인정하는 것보다 가설을 추가해 자기 의견을 강화하는 쪽이 훨씬 덜 고통스럽습니다. 그래서 같은 견해를 가진 이들을 모아 가설을 영원히 더해가며 결말이 없는 싸움을 시작합니다. 이런 일은 늘 반복해서 벌어졌고 벌어지고 있으며 앞으로도 그럴 겁니다.

그걸 해결할 지혜 같은 건 제게 없습니다. 다만 오래전의 그 친구를 떠올립니다. 아이들이 친구를 놀려대며 굴복시키려 하지 않았다면. 누군가 절박한 친구를 돈벌이로 생각해 새로운 가설을 계속해서 제공하지 않았다면. 과연 그가 그 안으로 도피했을까. 친구의 눈은 참 슬펐습니다.

첫 번째 장면. 부부가 아내의 개명 신청을 위해 법원을 찾았습니다. 담당자가 아내를 보고 말했습니다. "외국인이시네." 남편이 아니라고 말하자 담당자는 이렇게 말하고 웃었습니다. "아닌가, 베트남 여자같이 생겼네." 부부는 모욕감을 느꼈으나 담당자는 사과하지 않았고 오히려 웃기니까 웃었다고 소리쳤습니다.

두 번째 장면. 부부가 아내의 개명 신청을 위해 법원을 찾았습니다. 담당자가 아내를 보고 말했습니다. "외국인이신가요." 그러자 남편이 화를 내며 말했습니다. "내 아내가 베트남 사람처럼 보이냐." 개명을 문의하는 사람들 중에 다문화 가정이 많아 외국인인지 아닌지를 물어보았던 담당자는 당황하여, 웃으면서 남편을 진정시키려 했습니다. 그러나 부부의 눈에 그건 비웃음으로 보였습니다.

첫 번째 장면은 청원을 제기한 부부의 설명이고, 두 번째 장면은 민원실 관계자의 설명입니다. 두 가지 장면 가운데 무엇이 실제 벌어진 일에 더 가까울까요. 두 장면 모두 진실을 온전히 담지는 못했을 겁니다. 진실은 기록되는 순간 그것을 기록하는 사람의 주관이 개입될 수밖에 없기 때문입니다. 다만 두 장면이 우리 삶에 드리워진 가장 뜨겁고 거대한 갈등의 축소판이라는 생각을 했습니다.

첫 번째 장면을 따른다면 담당자는 편견 때문에 무례하고 폭력적인 일을 벌인 것이 됩니다. 두 번째 장면을 따른다면 편견을 가진 쪽은 오히려 베트남 사람처럼 보인다는 걸 욕으로 여긴 남편일 겁니다. 그는 피해의식 때문에 별문제 없었을 문답을 분쟁으로 키웠습니다. 첫 번째일까요, 두 번째일까요. 혹은 둘 다일까요. 첫 번째 장면의 편견과 두 번째 장면의 피해의식이 서로 진실의 왕좌를 다투며 사람과 사람 사이 벽을 두텁게 쌓고 적이 되어 등 돌리게 만들고 있습니다. 어떤 지혜가 필요할까요. 저는 아직 답을 찾지 못했습니다.

「아무도 모른다」는 고레에다 히로카즈 감독의 영화입니다. 88년에 일어났던 도쿄 '스가모 어린이 방치 사건'에서 영감을 얻어 만들어졌습니다. 엄마가 네 남매와 함께 이사를 오면서 시작합니다.

엄마는 집주인에게 아이가 한 명이라 속였고, 다른 아이들을 여행 가방에 넣어 숨기는 식으로 몰래 들여옵니다. 엄마는 남자 문제가 많습니다. 새로운 남자친구가 생긴 엄마는 아이들만 남기고 사라져버립니다. 홀로 남은 아이들은 돈이 없고 먹을 것이 없고 엄마가 없습니다. 장남은 도움이 필요하다는 걸 알고 있습니다. 하지만 어른들에게 부탁했다가는 동생들과 함께 살 수 없다는 걸 알고 있습니다. 그래서 어떻게든 혼자 힘으로 동생들을 보살핍니다.

영화의 마지막 장면은 밝은 태양 아래 꿋꿋하게 걸어나가는 아이들의 모습을 비춥니다. 견디기 어려운 고난과 끔찍한 일들을 겪었음에도 아이들은 그렇게 조용히 끈질기게 살아나갑니다.

실제 일어난 사건은 영화보다 훨씬 잔혹했습니다. 계

모는 의붓아들을 일곱 시간 동안 가방에 가둬두었습니다. 그리고 외출을 해 놀러 다녔습니다. 아이는 결국 죽었습니다. 아이의 몸에서는 담뱃불로 지진 자국과 오래된 상처들이 발견되었습니다. 문제를 겪고 있는 아이들을 알아보는 건 어렵지 않다고 합니다. 다만 오해를 살까 봐, 혹은 남의 가족 문제에 참견하는 게 될까 봐 침묵이 이어집니다. 아동학대는 바로 그런 침묵과 공생합니다. 침묵이 이어지는 한 아동학대 또한 사라지지 않을 겁니다.

한 마트가 시각장애인 예비 안내견의 매장 입장을 막아 논란이 된 일이 있었습니다. 입장을 막은 직원은 안내견을 훈련 중인 자원봉사자에게 장애인도 아니면서 개를 데리고 들어오면 어떻게 하냐 언성을 높였다고 합니다. 장애인 시설의 환경과 처우 개선에 관한 이야기는 종종 나오는데요. 반면 장애인이 우리와 같은 하늘 아래서 더불어 살아갈 수 있게 하려는 노력은 아직 많이 미흡한 것 같습니다. 출근 시간에 이루어지는 장애인 이동권 투쟁이 대표적이지요. 투쟁을 응원하는 사람도 있고, 시민의 발을 볼모로 잡았다며 비판하는 사람도 있습니다.

우리는 장애인이 지금보다 더 나은 환경에 따로 격리되고 분리되어 살아가기를 바라는 걸까요. 아니면 정말 장애가 있는 사람들과 함께 더불어 살아갈 준비가 되어 있는 걸까요. 근본적인 질문이 필요한 때입니다.

성서를 읽으려고 촛불을 훔칠 수는 없다는 말이 있습니다. 목적이 수단을 정당화하지 않는다는 이야기일 겁니다. 흔한 말이지만 중요한 말이기도 합니다. 단지 도덕적인 명분이 훼손되기 때문이 아닙니다. 수단이 타락하면 목적 또한 오염될 수밖에 없기 때문입니다.

국내 코로나19 확산과 재확산의 지난한 과정에서 교회 전반과 시민사회의 대립이 두드러졌습니다. 험악한 말이 오고 갔습니다. 특히 문제가 되었던 교회의 경우 죽음으로 교회를 지키겠다며 전국에서 신도들이 모여들었습니다. 이후로도 크고 작은 분쟁을 일으켰습니다.

저는 신이 있는지 없는지 알지 못합니다. 하지만 종교가 인류의 가장 추악한 면뿐 아니라 가장 자랑할 만한 면 역시 이끌어왔다는 사실을 알고 있습니다. 대화와 이해 없이 누적된 불신을 쇄신하고 위기를 극복하는 건 불가능합니다.

교회는 정치화되고 비대해지면서 제왕적 목사의 재량 아래 열거하기 어려울 정도로 많은 사회 문제를 야기했습니다. 그럴 때마다 개교회주의를 들어 개별 교회의 문제이며 일부의 문제로 치부하고 방관했습니다. 이웃을 사랑하라는 말씀을 따르는 대신 이웃의 조건을 설정하고 등급을 나누었습니다. 내 이웃이 될 만한 사람과 그렇지 않은 사람을 구분했습니다. 그렇게 가파른 선민의 벽을 쌓아 올리는 데만 주력해왔음을 인정해야 합니다.

우리는 교회 공동체가 한국의 근현대사에 시민을 통합하는 주요한 역할을 했음을 부정할 수 없습니다. 위기를 극복하는 동안, 그리고 이후에도 그들 또한 우리와 함께 더불어 살아가야 할 이웃임을 인정해야 합니다. 그들처럼 이웃의 조건을 나누어 똑같이 행동해서는 안 됩니다. 절박한 상황일수록 우리의 가장 훌륭한 부분보다는 창피하고 감추고 싶은 부분이 먼저 고개를 들기 마련입니다. 그걸로 서로를 판단하지 맙시다. 마틴 루서 킹은 "비탄과 증오로 가득 찬 술잔을 들이켜는 것으로 갈증을 달래려 하지 말자"고 이야기했습니다. 아마도 지금 우리에게 가장 필요한 지혜가 아닐까 싶습니다.

기자 초년 시절, 미국의 국방부 장관이 방한했습니다. 반미 시위 현장을 취재하고 있는데 시위대에 섞여 있던 아주머니가 다가왔습니다. 그러더니 들고 있던 피켓으로 등을 치면서 "그러는 거 불법인 거 알아요? 몰라요?" 따졌습니다. 당황했습니다. 알고 보니 검은 옷을 입고 머리도 짧은 건장한 청년이 뭔가를 쓰고 사진도 찍으니, 경찰의 채증이라 생각했던 모양입니다. 그렇다고 등을 칠 것까지는 무엇인가. 화가 났습니다.

시간이 흘렀습니다. 광화문에서 시위가 벌어졌습니다. 저는 매일 퇴근을 하면 광화문에 가서 시위에 참여했습니다. 그러다 경찰버스 뒤쪽에서 여학생이 다치는 일이 있었습니다. 쓰러진 여학생을 고의로 밟아서 벌어진 일이었습니다.

기동대와 시위 군중 사이 기류가 험악해졌습니다. 방패를 든 기동대와 시위 군중이 밀고 당기며 대치했습니다. 그때 누군가 제 옷을 잡아끌었고 저는 바닥이 보이지 않는 사람들 속으로 넘어졌습니다. 그 아래 세계는 위쪽과 전혀 달랐습니다. 넘어지자마자 군홧발들이 날아들었습니다. 얼마 동안 밟혔는지 모르겠습니다. 기어서 겨우 벗어났습니다. 옷이 찢기고 온몸에 발자국이 찍힌 채 탈진해서 정신이 없었습니다.

이제는 시간이 제법 흘렀지요. 돌이켜보니 피켓으로 저를 때렸던 아주머니의 의협심도, 의경들이 광장 위에서 느끼고 있었을 압박과 스트레스도 이해가 갑니다.

입장이 바뀌면 보이는 풍경이 달라진다는 말을 흔히 합니다. 입장이 바뀔 때마다 달라지는 풍경이라면, 그건 지금 내 눈앞에 보이는 풍경을 세상의 유일한 진짜 모습이라고 확신할 수 없다는 의미이기도 할 겁니다. 확신할 수 없다면 단정 지어 생각하고 행동하는 일 또한 조심해야 하겠지요.

서울의 왕십리 CGV에서 소동이 있었습니다. 애니메이션이 상영되고 있었는데 아르바이트생이 마이크가 켜져 있는 사실을 모르고 "오타쿠들 징그럽다"는 말을 했고, 이게 해당 상영관에 그대로 울려 퍼진 겁니다.

오타쿠는 자신이 좋아하는 대상에 지나치게 과몰입한 애호가를 의미하는 멸칭이지요. 저는 누군가가 단지 무언가를 좋아한다는 이유만으로 비난의 대상이 되어선 안 된다고 생각합니다.

중요한 건 그 사람의 정체성이 아니라 행동입니다. 내 피부색이 이렇고 성별이 이렇고 민주화운동 이력이 저렇다며 자기 행동을 정체성으로 방어하려는 시도. 그리고 너는 피부색이 이렇고 성별이 이렇고 민주화운동 이력이 저러니까 더 볼 것도 없다며 정체성만으로 모든 걸 판단하려는 마음. 서로 대치하는 것 같지만 사실은 서로 공생하는 두 가지 마음이 이 세상을 망치고 있습니다.

관심을 가지고 기사를 읽었습니다. 그리고 평소 즐겨

방문하는 커뮤니티에 접속해보았습니다. 유저 대다수가 오타쿠인 공간이지요. 명백하게 화가 날만 한 상황인데 "오타쿠가 잘못했네" "나도 내가 징그럽다" "그것이 오타쿠니까"라는 식의 반응이 대부분이었습니다.

오랜만에 웃었습니다. 물론 나는 오타쿠가 아니라는 마음에서 구분 짓기를 한 것으로 볼 수도 있습니다. 그럼에도 나와 생각이 다른 사람들의 의견에 여유와 관용, 무엇보다 유머를 가지고 대응할 줄 아는 모습이 너무나 드물고 귀했습니다.

더불어 살아간다는 마음이 거창한 게 아닐 겁니다. 꼭 친구가 되어야 할 필요도 없고 같은 편이나 가족이 되어야 할 필요도 없습니다. 그저 내가 이해받고 싶은 만큼 남을 이해하는 태도, 그게 더불어 살아간다는 마음의 전모가 아닐까 생각해보았습니다.

서로가 서로를 염려해 배려하고 지키는
것 말고는 다른 방도가 없다는 걸 우리는 이미
알고 있습니다. 가장 꼴 보기 싫은 이웃에게 베
푼 배려가 언젠가 나를 살리는 동아줄로 돌아
오리라는 지혜가 필요합니다.

어떤 것도 홀로 떨어져 있지 않으며 우연하지 않다는 건, 또한 어떤 것도 고립되거나 저 혼자 온전하지 않다는 이야기이기도 할 겁니다. 그런 생각을 떠올릴 때마다 마음에 평화와 함께 책임감 또한 찾아오는 것 같습니다.

오래된 농담이 있습니다. 담배 피우는 걸 굉장히 좋아하는 신학생이 있었습니다. 어느 날 신학생이 신부에게 물었습니다. 기도하는 중에 담배를 피워도 될까요. 신부는 깜짝 놀라 안 된다고 대답했습니다. 이 이야기를 들은 예수회 수도사가 신학생에게 질문이 잘못되었다고 조언했습니다. 다음 날 신학생이 신부를 다시 찾아가 물었습니다. 담배를 피우는 중에 기도해도 될까요. 신부는 흡족한 표정으로 당연히 그래도 된다고 대답했습니다. 들여다보면 역사 속 예수회의 개혁적인 면모와 더불어 원칙만을 강조하는 교회의 팍팍함을 에둘러 지적하는 농담입니다만, 떠올릴 때마다 여러 가지를 생각하게 만드는 이야기입니다.

모든 변화는 대화를 통해 이루어집니다. 변화가 쉽지 않은 건 생각과 견해가 다른 사람들이 서로 대화하려 하지 않기 때문입니다. 대화 자체를 배신이라 생각하는 시선도, 대화를 통해 합의를 도출하는 과정도 괴롭고 힘이 듭니다. 여러분이 지금 남편과 아내와 부모와 자녀와 친구와 상사와 연인과 대화의 고단함에 빠져 있다

면, 애초 서로가 공유하는 가장 중요한 가치가 무엇이
었는지 되새겨볼 필요가 있습니다. 그러면 서로에게 제
안할 수 있는 말의 폭이 늘어나지 않을까요. 담배를 피
우든 피우지 않든, 결국 중요한 건 기도니까요. 아. 물론
담배는 피우지 않는 게 가장 좋겠습니다.

문신과 피어싱을 했다는 이유로 감봉 등의 징계를 받은 공무원의 사례를 뉴스에서 본 일이 있습니다. 고작 문신과 피어싱을 했다고 감봉 조치를 받아서는 안 된다고 생각합니다. 화가 나서 기사를 클릭했습니다. 그런데 인터뷰 사진을 봤더니 코와 입술과 뺨에 피어싱을 했고 얼굴에 문신을 했더라고요. 잠시 할 말을 잃었습니다.

세상을 살다 보면 편견 앞에 굴복하고 눈치를 볼 일이 많습니다. 우리 모두 그렇습니다. 편견이 없는 사회란 존재하지 않습니다. 그래서 많은 이들이 오랜 시간을 들여 여러 가지 종류의 편견과 싸워왔습니다.

싸움에는 두 가지 방법이 있습니다. 첫 번째는 옳고 그름이라는 원칙 아래 물러서지 않고 편을 나누어 싸우는 것입니다. 두 번째는 이게 상대방의 삶과 건강, 가치관을 위협하고자 하는 것이 아님을 설득해내는 것입니다.

나와 생각이 전혀 다른 사람들 앞에 의견을 제시하는 일은 고됩니다. 조롱과 비아냥에 익숙해져야 합니다.

특히 집단을 향한 혐오와 편견을 바꾸는 일은 더욱 어렵습니다. 그러므로 우리 집단을 위해 항변하고 싶다면 두 가지 방법 가운데 보다 실질적이고 효과적인 쪽을 택해야 하겠지요.

지혜가 부족하고 경험도 충분하지 않지만 여태 부딪혀본 결과에 근거해서 조심스럽게 말씀드리자면, 첫 번째의 경우는 대개 그걸 주장하는 사람을 중심으로 전선만 뚜렷해질 뿐 아무것도 바뀌지 않았습니다. 실제 무언가를 바꾸는 힘은 언제나 두 번째 태도에서 나왔던 것 같습니다.

원칙만으로 모든 걸 선명하게 다룰 수 있고 해답에 닿을 수 있다면 얼마나 좋을까요. 불행히도 삶은 옳고 그름이라는, 사람이 만든 틀 안에 꼭 들어맞지 않습니다. 나와 내 집단의 원칙이 다른 사람들의 원칙과 같지 않고 거기에 충분한 이유가 있을 수 있기 때문입니다.

왜 일부의 문제를 들어 박해하냐 화를 내고 순교하겠다고 나서기 전에, 어떤 이유로 그런 편견이 존재하는지 고민하고 인정하고 타협해야 비로소 편견을 부수고 공존할 수 있습니다. 오늘 그 공무원은 무엇을 하고 있을까요. 혹시 그 일로 좌절했다면 힘내라고 말해주고 싶습니다.

따돌림에 관해 생각해봅니다. 힘이 약하고 줄서기에 실패한 사람은 왕따, 고문관, 태움, 직장 내 괴롭힘 등의 서로 다른 이름으로 학교에서 군대에서 직장에서 고통을 당합니다. 그렇게 따돌림 문화는 이제 삶의 모든 영역에 걸쳐 강력한 힘을 발휘하고 있습니다.

생존전략은 저마다 다릅니다. 일단 나만 당하지 않으면 된다는 태도부터, 나는 이런 걸 두고 볼 수 없다는 태도까지 다양합니다. 그리고 그런 태도는 우리가 따돌림을 경험하고 학습하는 곳. 바로 학교에서 결정됩니다. 학교에서의 따돌림은 이제 특이 현상이 아닙니다. 그저 풍경입니다. 당연하다는 듯 보입니다. 당하는 자의 영혼을 파괴하는 가학성에도 왕따 가해자는 큰 처벌을 받지 않습니다. 미성년자이기 때문입니다.

저는 형사미성년자에게 성인에 준하는 처벌을 적용하지 않는 원칙에 동의합니다. 그러므로 당사자와는 별개로, 법적 보호자에게 관리 소홀의 책임을 물어 엄중하게 처벌해야 한다고 생각합니다. 따돌림이라는 행동에 관한 감각을 이제 막 학습하고 있는 이들에게 명백한 신호를 줄 수 있어야 합니다. 우리는 더 이상 용납하지 않겠다는 신호 말입니다. 그런 전환 없이 우리 공동체가 따돌림 문화를 도려내는 건 어려울 겁니다.

따돌림 문화에서 완전히 결백한 사람은 아무도 없습니다. 가해자거나 피해자거나 방관자입니다. 누구의 잘못도 아니라면 우리 모두의 책임이라는 오래된 지혜가 지금 필요합니다.

그를 추억합니다. 쌍문동의 고 씨. 중
산층. 아들딸 둘을 키우고 있는 만년 과장. 어느 날 딸이
빙하 타고 내려온 아기공룡을 데려왔고 비극이 시작되
었습니다. 공룡은 말을 할 줄 아는 데다가 초능력을 쓸
줄 알았습니다. 게다가 친구랍시고 타조와 외계인까지
데려와 실내에서 함께 살 것을 종용했습니다.

어린 조카까지 맡아 길러야 할 사정이 되자 고 씨의
삶은 정말 팍팍해졌습니다. 공룡은 고 씨의 살림을 축
내는 데 아무런 가책을 느끼지 못했습니다. 공룡과 친
구들, 그리고 옆집의 가수 지망생까지 합세해 사고를
치면 모두 고 씨가 물어줘야 했고 경찰에 입건되기도
했습니다. 살림은 부서지고 분실되어 남아나는 게 없었
습니다.

고 씨도 가만히 당하지만은 않았습니다. 하지만 그가
반항할 때마다 초능력을 쓸 줄 아는 공룡의 복수가 뒤
따랐습니다. 결국 고 씨는 탈모가 왔고, 탈모가 온 고 씨
를 공룡과 친구들은 대머리라고 놀렸습니다. 70킬로그
램 후반대이던 고 씨의 몸무게는 66킬로그램까지 빠졌

습니다.

이런 고난에도 그는 도무지 어디서 온 건지 알 수 없는 불량배들을 가장의 이름으로 감싸 안아 먹이고 입혔으며 잘 곳을 제공하여 더불어 함께 살았습니다. 아마도 제가 본 가장 따뜻하고 건강한 대안 가족이었을 겁니다. 전 인류에 귀감이 될 그의 인내와 선행은 1983년 4월 월간 『보물섬』을 통해 「아기공룡 둘리」라는 제목으로 처음 소개되었습니다. 매년 4월이 되면 그를 추억합니다. 쌍문동의 고길동 님. 우리는 당신을 응원합니다.

요즘 신문에 자주 등장하는 말이 있습니다. "우리 아빠가 누군지 알아?"라는 말입니다. KTX 열차 안에서 햄버거를 먹던 사람을 제지하자 폭언과 함께 "우리 아빠가 도대체 누군지 알아?"라는 말이 돌아왔다고 합니다. 전에 없었던 일은 아닙니다. 전에도 우리 아빠가 누군지 아느냐고 묻는 사람들이 있었습니다. 다만 말하는 사람도 듣는 사람도 낯부끄러워서 많이 하지 않았던 것 같습니다.

나이 든 자들이 내가 누군지 아느냐는 질문을 하고 그 자식들이 우리 아빠가 누군지 아느냐는 질문을 하는 동안, 우리 공동체의 가장 나쁜 맨얼굴을 보게 됩니다. 측은하다는 생각이 들었습니다. 나는 당신 아빠가 누구인지 모릅니다. 관심이 없습니다. 앞으로도 모를 겁니다.

미국의 전설적 축구 코치인 배리 스위처는 다음과 같이 말했습니다. "어떤 사람들은 3루에서 태어났으면서 마치 자기가 3루타를 친 것처럼 생각하며 살아간다." 스스로 증명한 것 없이 부모의 돈으로 살아가며 그걸 부끄럽지 않게 생각하는 사람들을 떠올려봅니다. 그들은 흡사 3루에서 태어난 주제에 3루타를 친 것마냥 구는 자를 보듯이 추하고 유난스러우며 꼴사납습니다.

타고난 운을 고맙게 생각하고 겸허한 마음으로 스스로를 가다듬지 않는다면, 그런 사람의 인생을 통틀어 가장 빛나는 성과란 고작해야 3루에서 태어났다는 것뿐일 겁니다. 지금 이 시간 돈이 아니라 내가 가진 가장 빛나고 훌륭한 것을 자식에게 물려주고자 분투하고 있는 모든 부모님을 응원합니다.

『레 미제라블』좋아하시지요. 뮤지컬도 좋고 영화도 좋지요. 하지만 장발장 이야기의 정수는 뮤지컬도 영화도 아닌 원작 소설에 있습니다. 좀 길어서 그렇지 단숨에 읽겠다는 욕심만 부리지 않는다면 최고의 소설이라고 자주 추천하고는 합니다.

이 시기를 생각해봅시다. 프랑스 혁명 이후입니다. 어제의 혁명 세력은 오늘의 반동이 되고 오늘의 반동은 내일의 혁명 세력이 되어 수없이 많은 목이 달아났습니다. 그러다 다시 왕정이 복고되어 혁명을 논하는 것 자체가 불온한 일이 되었습니다. 옳고 그름의 기준이 석 달마다 바뀔 만큼 혼란한 시대였습니다. 빅토르 위고는 그런 시대 한복판을 정확히 관통해 살았습니다. 그럼에도 객관적이고 공정한 자세로 사유할 줄 알았습니다. 대체 어떻게 가능했을까요. 천재라는 수사보다 그 누구보다 인간다운 인간이었다는 말이 더 어울릴 것 같습니다.

저는 소설 초반의 미리엘 주교 이야기를 무척 좋아합니다. 청소년용으로 각색된 버전이나 뮤지컬에선 은촛

대의 주인으로 잠시 등장할 뿐이지요. 하지만 원작 소설에서는 굉장히 비중 있게 다루어집니다. 거기 이런 말이 나옵니다. "여기에는 미묘한 차이가 있다. 의사의 집 문은 결코 닫혀 있으면 안 되고, 목자의 집 문은 늘 열려 있지 않으면 안 된다."

여기서 그 차이란 대체 무엇일까요. 문장이 지시하는 결과는 동일합니다. 문은 결국 열려 있는 거예요. 하지만 닫혀 있으면 안 된다는 말과 열려 있지 않으면 안 된다는 말로 구분 지었지요. 다시 읽어봤습니다. 그리고 생각했습니다. 사람을 치료하고자 하는 자는 상대가 문 앞에서 절망하게 만들어선 안 되고, 사람을 구원하고자 하는 자는 이미 절망한 상대가 문 앞에서 머뭇거리게 하지 말아야 한다는 게 아닐까, 하고 말입니다.

오직 서로를 돕는 자만이 온전한 인간입니다. 당대 가장 인간다운 인간이었던 빅토르 위고는 『레 미제라블』을 통해 그렇게 이야기하고 있습니다.

"이것은 한 명의 인간에게는 작은 발걸음이지만, 인류에게는 커다란 도약이다." 아폴로 11호가 달 착륙에 성공한 이후 닐 암스트롱이 한 말이지요. 인류가 달에 닿은 지 50년이 훌쩍 넘었습니다. 아폴로 11호에는 세 명의 우주비행사가 타고 있었습니다. 암스트롱과 버즈 올드린이 달의 대지를 밟고 기념비적 말과 행동을 남기는 동안 사령선 조종사인 마이클 콜린스는 우주선에 탄 채 궤도를 돌고 있었습니다.

팀이라는 게 그렇습니다. 누군가가 멋진 일을 하려면 다른 누군가가 아무도 주목하지 않는, 그러나 반드시 해야 하는 일을 해야만 합니다. 정작 본인은 달에 내리지 못한 것에 크게 개의치 않았다고 합니다.

그가 남긴 멋진 사진이 있지요. 저 멀리 지구가 있고, 가까이에 달이 있고, 사령선으로 돌아오고 있는 달 착륙선의 모습입니다. 이 사진에는 지구에 사는 모든 사람과 달 착륙선에 타고 있는 암스트롱, 올드린이 담겨 있습니다. 사진을 찍은 콜린스만 빼고 말입니다.

그 사진을 찍는 순간 콜린스는 우주에서 가장 외로운

인간이었습니다. 그러나 동시에 가장 숭고한 인간이기도 했습니다. 빛이 없는 곳에서 누군가 반드시 해야 하는 일을 하고 있는, 그래서 우리가 전력을 다할 수 있도록 조용히 돕는 사람들이 있습니다. 그들의 일은 숭고합니다. 사실 대개의 중요한 일이란 그렇게 조용하고 겸허하게 이루어지는 것 같습니다.

요즘 제가 살고 있는 주택에 분쟁이 생겼습니다. 세대 간 갈등도 있고, 내 일처럼 발 벗고 나서는 사람도 있고, 자기 일을 떠넘겨놓고 되레 큰소리치는 사람도 있고요. 변호사 자문을 구해 제가 공동 합의서를 쓰고 있습니다. 참 여러 가지 생각이 드네요.

함께 더불어 살아가야 한다는 건 무엇일까요. 작게는 우리 건물의 이웃들에서 크게는 서로 한 번도 마주쳐본 일이 없는 사람에 이르기까지. 공동의 선을 위해 크고 작은 희생을 감수하여 공동체가 서로 노력하는 것일 텐데요.

가끔은 애초 이 사람들이 그런 명제에 합의한 게 맞냐는 의문이 들 때가 있습니다. 정말 타인과 함께 더불어 살아가겠다고 동의한 사람이 맞냐는 의문 말입니다. 타인과 더불어 살아갈 의지도 노력도 보이지 않는 사람이 있습니다. 그런 사람까지 감싸 안아야 한다는 건 정말 어렵고 고된 일입니다. 우리는 위인도 성자도 아닙니다. 그저 평범한 사람일 뿐입니다. 내가 왜 이런 사람들을 참아주어야 하는 것인가. 화가 납니다.

143

그럴 때는 여태 살아온 시간을 돌이켜보는 일이 도움이 됩니다. 그래도 이게 원칙이다. 그래도 이게 옳은 일이다. 더불어 살아가야 한다는 것 이외에는 별 방도가 없다. 그렇게 보다 넓고 단단한 마음만이 늘 올바른 방향이었습니다. 길게 보면 말이지요. 당장 분하고 억울한 마음에 괴로울지 모릅니다. 하지만 결국 당신이 옳았다는 이야기를 하고 싶었습니다. 당신이 옳습니다. 그리고 그 결정 덕분에 훗날 평안할 겁니다.

주차장에 작은 소동이 있었습니다. 이웃의 새 차가 심하게 긁혔습니다. 사정을 들어봤습니다. 동네에서 길고양이들에게 밥을 주고 다니는 분이 주차장에 들어와 이 차 밑에 아예 밥통을 두고 간 모양입니다. 이웃은 화가 많이 났습니다.

저는 고양이를 참 많이 좋아합니다. 하지만 새 차가 망가져 마음이 상한 이웃의 사정도 충분히 이해가 됩니다. 이제 저 이웃은 오랫동안 고양이를 싫어하게 될 겁니다. 길고양이에게 밥을 주는 모든 이들을 증오하게 될 겁니다. 고양이가 도움을 받아야 하는 상황도 그냥 지나치게 되겠지요.

정말 고양이를 사랑한다면 그 애틋한 마음만큼이나 타인을 배려하는 마음 또한 챙겼어야 하는 게 아닐지. 그냥 무언가를 사랑한다는 단순하고 뜨거운 마음만으로는 아무것도 바뀌지 않는다는 걸 왜 모르는 건지. 그게 정말 다른 작은 생명을 향한 사랑인지, 아니면 자기 자신을 향한 사랑인지. 안타깝습니다.

2021년 4월 22일 새벽 인천시 부평구 부평동 건물에 화재가 일어났습니다. 이를 본 새벽 배송 기사가 119에 신고하고 현장으로 달려가 초기 화재를 진압했습니다. 119소방대가 현장에 도착한 이후에도 자리를 지키다 화재가 다 진화된 이후에야 사라졌다고 하네요. 이 일은 온라인 커뮤니티에 의인을 찾는다는 글이 올라오면서 알려졌습니다. 작성자는 의인을 찾는 것도 찾는 거지만 무엇보다 아직 따뜻한 세상이라는 걸 알리고 싶었다고 밝혔습니다. 의인은 최보석 씨로 밝혀졌습니다. 사내 포상이 주어졌다고 합니다.

세상 사람들이 전과 달리 악해졌다는 푸념을 들을 때마다 복잡한 생각이 듭니다. 저는 사람의 악하고 선한 천성이 어디서 비롯되는지, 선천적인지 후천적인지 알지 못합니다. 다만 이웃을 돕고자 하는 마음이 오로지 개인의 성향에만 달려 있다고 믿지 않습니다.

이웃을 돕고 우리 공동체에 이바지했다는 뿌듯함을 느끼는 게 정상적인 사회입니다. 쓸데없이 이웃을 도왔기 때문에 손해를 보고 오해를 사리라는 생각이 먼저

146

떠오른다면 그건 정상적이지 않은 사회입니다. 그런 생각을 심은 건 이웃을 내 일처럼 돕는 사람을 보호하는 데 관심이 없는 우리 사회의 시스템이겠지요.

저는 사람 대다수의 마음이 최보석 씨와 같다고 생각합니다. 이웃을 돕는 일이 손해나 오해를 낳지 않는다는 걸 사회가 약속해줄 수 있다면 마음뿐 아니라 행동 또한 그처럼 할 수 있으리라 생각합니다. 아무리 밉고 싫은 이웃이라도, 우리 모두는 결국 서로를 지키는 최후의 파수꾼입니다.

크리스마스는 참 묘한 날입니다. 실제 예수가 태어난 날도 아니고 그 문화라는 것도 여러 가지 다른 요소들이 결합해 나중에 완성된 것이기 때문입니다. 단지 567년 투르Tours 공의회에서 그리스도Christ의 도래에 미사Mass를 드리는 날로 규정한 날이지요. 그냥 사람들이 모여서 이날로 하자고 정한 겁니다.

크리스마스를 종교적 축일에서 문화적 공기로 바꾸어낸 건 찰스 디킨스의 소설 『크리스마스 캐럴』입니다. 아이들에게 선물을 주고 파티를 하고 문 앞에서 노래를 부르는 등 지금 우리가 크리스마스 풍경이라 부르는 것 대부분이 이 소설을 통해 정립되었습니다. 디킨스가 임종했을 때 영국의 아이들이 "그러면 더 이상 크리스마스가 없는 거냐"라고 슬퍼했을 정도입니다.

이 소설에는 세 명의 유령이 등장합니다. 우리의 과거를 놓치지 않고 지켜보고 있었다는 과거의 크리스마스 유령. 그러므로 우리의 현재 또한 이해할 수 있다며 관대하게 웃어주는 현재의 크리스마스 유령. 그리고 이제는 바뀌어야 한다는 걸 침묵 속에 가리키는 미래의 크리스마스 유령이 그들입니다.

　내 과거가 이해받고 싶은 만큼 타인에게도 그럴 만한 사정이 있을 수 있다는 마음. 스스로를 돌아보고 타인을 배려하지 않으면 밝은 미래를 기대할 수 없다는 경고. 스크루지조차 더 나은 인간이 될 수 있다는 믿음. 세 명의 유령에게서 나온 이 세 가지 마음이 모여 소설의 영혼이 되고 크리스마스의 정신이 되었습니다.

　나 자신을 겸허하게 돌아보고 이웃을 관대하게 감싸 안으려는 공기가 거리마다 넘쳐나는 단 하루. 아니 적어도 그걸 기대해볼 수 있는 하루. 그래서 저는 크리스마스를 좋아합니다. 매일이 크리스마스면 좋겠습니다.

부처님 말씀 가운데 가장 좋아하는 것이라면 역시 불법 안에서 "아시타비我是他非를 논하지 말라"는 이야기를 뽑지 않을 수 없습니다. 모두 아시는 코끼리 비유가 그것입니다. 제자들이 이것이 옳다, 아니다 저것이 옳다 다투고 있자, 부처님께서 눈이 보이지 않는 사람들이 코끼리를 만지는 광경을 빌려 비유하셨습니다.

"코끼리의 서로 다른 부위를 만지고 언덕과 같다, 나무와 같다, 기둥과 같다, 밧줄과 같다고 했지만 그 가운데 어느 하나가 코끼리겠는가. 그 모든 게 코끼리가 아니듯이 너의 말도 그른 것은 아니지만 그것만으로는 온전한 대답이라 할 수 없다. 그러므로 아시타비, 즉 나는 옳고 너는 그르다며 다투지 말라"고 하셨습니다.

확실한 해답을 가지고 있다는 사람들이 많습니다. 하지만 플라톤의 이데아나 칸트의 물자체, 쇼펜하우어의 의지 같은 절대 진리는 우리 손에 잡히거나 눈에 보이지 않는 것들입니다. 정의와 양심과 상식 가운데 시대와 무대를 초월해 언제나 한결같은 기준은 존재한 적이 없습니다.

다리만 만지고 있는 나는 몸통만 만지고 있는 너와 대화하지 않고서는 결국 코끼리의 온전한 모습을 상상할 수 없습니다. 코끼리를 알려면 너와 내가 대화를 해야만 합니다. 나와 생각이 다른 사람들을 배제하고 공격하고 혐오하기보다 내가 생각하는 옳음을 이야기하고 상대의 옳음을 경청하는 것. 그런 이후 서로의 견해를 모으고 차이를 좁혀나가는 것. 오직 그 순간 시대의 상식이 결정되고 세상이 바뀌었습니다. 무언가 옳다고 믿는 것이 있고 바꾸고 싶을 때, 부처님의 말씀을 떠올려봅시다.

니체를 모르는 사람도 "신은 죽었다"는 말은 압니다. 니체가 드센 무신론자여서 저런 말을 했던 건 아닙니다. 니체가 활동했던 19세기 말은 교회의 힘이랄 게 남아 있지 않은 시기입니다. 유럽은 쇼펜하우어로 대표되는 허무주의에 경도되어 있었고 더 이상 신도 내세도 구원도 없는 시대에 수많은 이가 방황하고 있었습니다. 그래서 니체는 "신은 죽었다. 신은 죽어 있다. 우리가 신을 죽였다. 살인자 중의 살인자인 우리는 어떻게 안식을 얻을 것인가"라는 말로 구원자가 없는 세상에 우리가 스스로를 구원할 수 있는 방법을 제시하고자 했던 겁니다.

저는 신에 대해 잘 모르지만, 요즘처럼 신의 존재를 갈망한 적이 없는 것 같습니다. 도저히 우리가 스스로를 구제할 수 있는 방법이 보이지 않기 때문입니다. 그렇다면 신이 개입하는 수밖에 없으니까요.

여태 일부의 문제, 혹은 내부의 문제라는 전가의 보도를 휘두르며 자정에 실패한 교회의 탓이라고만 생각했습니다. 하지만 사실 우리 잘못이 더 클지 모르겠습니다. 성범죄가 반복될 때 개입해야 했습니다. 마귀를 쫓는다며 사람을 때려죽였을 때 개입해야 했습니다. 정치화 행보를 걸을 때 개입해야 했습니다. 세금과 세습 문제가 있었을 때 개입해야 했습니다. 분쟁 지역에 굳이 선교하러 갔다가 피랍되었을 때 개입해야 했습니다. 단군상을 훼손하고 절에 가서 행패를 부릴 때 개입해야 했습니다.

문제가 있을 때 교회가 섬이 아닌 공동체의 이웃으로 거듭날 수 있도록 적극적으로 토론하고 대화해야 했습니다. 우리가 스스로를 구하려 하지 않고 언제나 소극적으로 대처하며 방관했기 때문에 교회가 하는 일은 세상의 법으로 다스릴 수 없다는 관념이 생겼습니다. 결국 말씀만을 성실히 좇아온 일부 정직한 교회와 공동체 모두가 위협받고 있습니다.

다윗 왕은 우리아 장군의 아내인 밧세바와 성관계를 맺고 그녀가 임신하자 장군을 최전선으로 보내 죽였으며 결국 그녀와 결혼합니다. 선택된 인간이니 무슨 짓을 저질러도 내 뜻이 곧 신의 뜻이라 생각했기 때문입니다. 그런 다윗이 결국 신에게 어떤 처분을 받았는지 여러분이 저보다 더 잘 아실 겁니다. 부탁드립니다. 우리 같이 삽시다.

시대의 비극으로부터 일어나 회복으로 이끄는 힘은 세련되고 거창한 말에서 나오지 않았습니다. 과격한 우격다짐에서 나오지도 않았습니다. 그런 거창하고 과격한 것들에 휩쓸리지 않는 평정과 극단의 열기를 경계하는 온화함에서 나왔습니다.

가야 할 길이 아니라
지나온 길에 지혜가

역사란 삶에 있어 수험 기간의 족보와도 같습니다. 날이 갈수록 그렇게 느낍니다. 역사가 되풀이된다는 유명한 말이 있습니다. 그 말은 누구나 들어 알고 있습니다. 헤겔도 그렇고 마르크스도 그렇게 말했습니다. 그에 더해 가라타니 고진은 역사가 되풀이될 때의 내용이 중요한 게 아니라, 그게 되풀이될 수밖에 없는 형식과 구조가 중요하다고 말했습니다.

우리 삶도 크고 작은 실수로 가득 차 있습니다. 다시는 같은 실수를 하지 말아야겠다고 다짐하면서도 기어이 저지르지요. 그걸 평생 반복합니다. 고진의 말을 빌리자면 우리 또한 실수의 내용이 아니라, 왜 그런 실수를 할 수밖에 없었는지에 관해 고민해야 할지 모릅니다.

그런 면에서 역사를 돌아보는 일이 중요합니다. 인류의 가장 눈부신 성과를 돌아보는 일도 필요하지만, 그보다 가장 치졸하고 잔인하며 한심하기 짝이 없는 실수들에 관심을 가져야 합니다. 당대 가장 훌륭한 지성들이 왜 그런 바보 같은 짓을 반복할 수밖에 없었는지 이해할 때, 우리 삶의 불안을 평정으로 이끌 수 있습니다.

역사란 삶에 있어 수험 기간의 족보와도 같습니다. 다만 정답이 아니라 오답으로 가득한 족보입니다. 성공한 사람의 자화자찬보다 실패한 사람의 반성 안에서 더 많은 깨달음을 얻을 수 있듯, 정답보다 오답에서 찾을 수 있는 게 훨씬 더 많습니다. 오만과 욕심으로 얼룩진 오답들 속에서 여러분의 삶을 밝히는 지혜를 발견하길 바랍니다.

원칙과 상식이 대립할 때가 있습니다. 어느 한쪽만을 고수하며 원칙이 상식을, 상식이 원칙을 무리하게 거스르면 반드시 말썽이 생기지요. 좋은 예가 드라마 「태종 이방원」에서 주요하게 다루는 대목일 것 같습니다. 여말선초는 열 번 드라마로 만들어도 열 번 다 재미있게 보게 되는 배경이지요. 이방원과 신덕왕후 사이의 대립을 떠올려보세요. 과거에는 이 대목을 볼 때마다 이방원에게 좀체 공감하기 어려운 측면이 있었습니다. 친모가 아니라는 이유만으로 저렇게 미워할 수 있는 걸까, 싶어서요.

그런데 「태종 이방원」에서는 신덕왕후가 자기 아들인 이방석을 세자로 앉히려고 행한 모략과 그런 새어머니에게 철저하게 농락당한 이방원의 비참한 처지가 보다 선명하게 대비되어 꽤 흥미로웠습니다. 사실 신덕왕후는 억울할 겁니다. 당연한 자기 권리를 주장한 거니까요. 거기에는 무리한 일이 없었습니다. 조선 건국 시점에 자신이 이성계의 유일한 부인이었으니 자연스레 왕후가 된 것입니다. 뺏은 게 아닙니다. 왕후의 자식이 세자가 되는 것 또한 당연한 일입니다. 건국에 공이 있는 배다른 형이 위로 몇 명이 있든 사실 아무 상관없는 겁니다.

하지만 당대 이들이 처한 현실과 상식은 그런 원칙과 거리가 있었지요. 태조와 신덕왕후가 신의왕후의 아들들에게 보인 처사는 상식을 매몰차게 저버리는 것이었습니다. 아버지가 새로운 왕조를 여는 데 왕자들이, 특히 이방원의 역할이 컸습니다. 원칙을 내세워 이를 모른 척하는 건 상식에 어긋납니다. 그들이 상식을 누르려 하지 말고, 보다 융통성 있게 원칙을 행사하고자 했다면 훗날 피바람을 피할 수 있었을 겁니다. 원칙과 상식이 서로를 살피지 않고 다툴 때 분란과 파국을 낳을 수 있다는 것. 지금의 세상을 돌아보며 다시 한번 곱씹어봅니다.

충무공 이순신 장군의 탄신일이 오면 생각합니다. 왜란의 시작과 함께 부상하여 왜란에 마침표를 찍으며 사라져간 사람입니다. 단 한 명의 투명한 의지와 힘으로 전체 공동체를 건사하는 게 가능하다는 걸 증명한 사람입니다. 그야말로 왜란 종결자라는 말이 어울리는 영웅입니다.

우리가 그에게 이토록 오랜 시간 열광하고 마음을 쏟는 게, 단지 승전의 기록과 영웅적 산화 때문만은 아닐 겁니다. 외부의 침략에 맞서면서도 내부의 시기와 질투에 더 많이 흔들리고 힘들었던 것. 심지어 왕의 견제와 미움으로 몇 번씩 거듭해 처음부터 다시 시작해야 했던 것. 나라를 구했음에도 단 한 번도 제대로 고맙다는 말을 들어본 적 없이 죽음에 이르기까지 우직하게 자기할 일을 그치지 않았던 것. 그런 삶이 여러 세대에 걸쳐 수많은 이에게 영감과 감동을 주었기 때문일 겁니다.

오늘도 언제 마지막으로 고맙다는 말을 들어보았는지 기억하지 못한 채, 다시 하루치의 자기 할 일을 시작하고 있는 여러분에게. 그리고 그게 본심은 아니었는데

160

고맙다는 말이 간지럽고 새삼스러워, 미처 건네기를 주저하다 급기야 고맙다는 말을 하는 방법을 잊어버린 여러분에게. 이순신의 마음을 가늠해보며 나와 내 주변을 밝힐 방법을 모색해보는 하루가 되었으면 합니다. 우리는 모두 서로에게 미처 기록되지 못한 이순신일지 모릅니다.

경험이 많으면 더 나은 사람이 되는 걸까요. 그렇기도 하고 그렇지 않기도 하다고 생각합니다. 더 많은 경험을 재료로 사유를 하고 스스로를 갈고 닦는 사람이 있는 반면, 똑같은 양의 경험을 빌미로 그 경험에 사로잡혀 일을 그르치는 사람도 있기 때문입니다. 그러니까 반드시 경험이 많다고 해서 더 나은 사람이 된다고 말할 수는 없습니다.

광해군을 돌아봅시다. 그가 꼭 그랬습니다. 세자 시절 분조를 이끈 경험을 통해 위기에 대처하는 능력을 길렀으나, 어리석은 선왕의 질투와 신하들의 음모로 오랜 기간 살얼음판을 걸어야 했습니다. 높은 인기와 기대를 한몸에 받으며 시작부터 강한 왕권을 가질 수 있었지만, 그런 강력한 왕권을 유지하는 수단으로 내 편의 신하를 바꿔가며 계속해서 옥사를 일으켰습니다. 그렇게 시간이 흐르고 끝내 왕권을 지키는 데는 성공했으나, 끊임없이 옥사를 일으켜 사람을 죽이지 않고서는 왕권을 유지할 수 없는 왕이 되고 말았던 겁니다. 제아무리 왕이라도 그렇게 사람을 계속 죽일 수는 없습니다. 결국 반정으로 몰락하고 말지요.

그가 경험에 매몰되어 선왕과 신하들에 대한 피해의식에 사로잡히지 않았다면. 경험을 재료로 더 고민하고 사유하여 지혜를 끄집어낼 수 있었다면. 우리 역사는 크게 달라졌을 겁니다. 경험에 사로잡혀 과거의 망령으로 살 것인가, 아니면 경험으로부터 피해의식이 아닌 지혜를 끄집어내 다음 일을 모색할 것인가. 단지 광해군만 고민했어야 할 문제는 아닐 겁니다.

왜란을 다룬 영화나 드라마를 보면 늘 그렇듯 도중에 열이 받습니다. 특히 이순신이 박해를 당하는 대목에 이르면 더욱 그렇습니다. 잠시 화를 누그러뜨리고 선조와 인조에 관한 책을 꺼내 읽다가 진정하고 다시 보게 됩니다.

선조와 인조는 참 공통점이 많습니다. 명백한 경고와 위협을 무시했습니다. 정확한 정세를 읽는 게 아닌 혐오 정서와 이데올로기에 기반해 판단했습니다. 백성이 도륙당할 때 자기 안위만을 중요하게 생각했습니다. 공이 있는 자를 두려워하고 하찮은 자들을 높게 샀습니다. 세자를 아들이 아닌 정치적 경쟁자로 여겨 질투했습니다. 한 번의 전쟁을 겪고도 반성하지 않고 지리멸렬하다 곧바로 다음 전란을 이끌어낸 것도, 자기는 그럴 수밖에 없었고 남이 나쁘다며 궤변으로 일관한 전후 대책까지 똑같지요.

이 정도면 그냥 같은 사람이 아닌가 싶을 정도인데요. 그렇다면 그들은 나라를 망치려고 작정을 한 자들일까요. 아니면 누구든 위기 상황에서 그와 같이 행동할 수 있는 싹을 타고나는 걸까요. 사실 전시가 아닌 평시였다면 선조와 인조가 그리 나쁜 지도자는 아니었을 수 있다는 의견이 있지요. 그들이 위기에 대응하고 수습하는 방법으로 남 탓하기를 택하지 않았다면 어땠을까요. 모든 걸 남의 탓으로 돌리는 쉽고 빠른 길을 걷기보다 겸허하게 내 탓을 돌아보고 주변을 공정하게 상찬할 줄 아는 리더였다면 또한 어땠을까요. 생각이 복잡해졌습니다. 세상에 선조와 인조 같은 사람이 많다며 탓하기보다, 혹시 내 행동에 그와 같이 남 탓밖에 할 줄 모르는 면모가 있지는 않나 살펴봐야 하겠습니다.

정조는 애주가요, 정약용은 그렇지 않았지요. 정조가 필통에 가득 술을 따라 주는 바람에 정약용이 곤욕을 치른 건 잘 알려진 이야기입니다. 이후 정약용은 자식들에게 이런 편지를 썼습니다.

"나는 크게 술을 마셔본 일이 없어 주량을 알지 못한다. 주상께서 옥필통玉筆筒에 삼중소주三重燒酒를 가득 부어 하사하기에 사양하지 못하고 마시면서, 나는 오늘 죽었구나 싶었는데 생각보다 취하지는 않았단다. 참으로 술맛이란 입술을 적시는 데 있는 것이다. 소가 물을 마시듯 마시는 사람들은 입술이나 혀를 적시지 않고 바로 목구멍으로 삼키니, 그게 무슨 맛이 있겠느냐. 너희들 내가 술을 반 잔 이상 마시는 거 본 적 있니. 술의 정취는 살짝 취하는 데 있다. 요컨대 술 마시기를 좋아하는 자들은 대부분 폭사하게 된다. 술독이 오장육부에 스며들어 하루아침에 썩기 시작하면 온몸이 무너지니 이건 크게 두려워할 점이다."

원문을 구어체를 섞어 요약한 건데요. 한마디로 애들아 너희들은 원샷하지 말아라, 라는 이야기입니다. 술 좋아하는 분들 많지요. 저도 좋아합니다만, 과하게 마시면서 과하게 마시는 줄 모르다 스스로를 망치고, 기어코 타인에게 피해 끼치는 사람들은 예나 지금이나 문제인 것 같습니다.

"유구한 역사와 전통에 빛나는 우리 대한국민은 3·1운동으로 건립된 대한민국임시정부의 법통과 불의에 항거한 4·19민주이념을 계승한다." 우리 헌법 전문의 첫 번째 문장이지요.

임시의정원에서 정한 3·1절의 본래 이름은 독립선언기념일이었습니다. 독립기념일이라고도 불렸고요. 독립한 날이 아닌데 왜 독립기념일이냐 의문을 가질 수 있을 겁니다. 일반적으로 독립을 선언한 날을 독립기념일로 지정하는 경우가 많습니다. 미국의 7월 4일 독립기념일이 그렇지요. 이날은 미국이 독립한 날이 아닙니다. 독립선언서가 발표된 날입니다.

하지만 3·1절이 미국의 독립기념일만큼의 위상을 가지고, 우리 공동체 최고의 기념일로 다루어지고 있느냐에 대해 떠올려보면. 글쎄요, 그렇지는 않은 것 같습니다.

3·1운동 이듬해인 1920년 대한민국임시정부는 3·1독립선언 1주년 기념식을 열었습니다. 이 자리에서 도산 안창호 선생은 다음과 같이 말했습니다. "3·1절. 이날은

가장 신성한 날이요. 대한민국 자유와 평등과 정의의
생일이다."

   3·1절은 자유와 평등과 정의의 생일입니다. 3·1절은
한 해의 가장 기쁜 날입니다. 3·1절의 어느 시간 어디에
서 누구와 무엇을 하고 계시든, 생일을 축하하는 마음
으로 기쁘게 보내셨으면 합니다.

그런 생각해보신 적 없나요. 일본어도 중국어도 영어도 똑같은 외국어인데, 왜 유독 우리글 안의 일본어 잔재에 주목하는 걸까. 영어를 쓰는 데에는 별 문제의식을 느끼지 못하면서 왜 일상에서 그 잔재를 몰아내야 한다고 말하는 걸까. 저 또한 우리글을 재료로 생각을 풀어내는 일이 밥벌이임에도 그런 의문을 종종 품었습니다. 밥벌이의 시간 대부분을 문장의 길이를 결정하고 그 한정된 길이 안에서 정확한 단어들을 중복되는 조사 없이 어디에 배치했을 때 보다 효과적일 것일까 고민하는 데 쓰고 있음에도 말입니다. 아마도 말과 글의 목적이 대화와 소통을 위한 것이라면 그게 일본어든 한자어든 상관없이, 대다수 사람들이 보편적으로 사용하고 이해하는 단어를 선택하는 게 효율적이지 않나, 생각했던 것 같습니다.

우리글과 말을 보호하고자 하는 노력은 과연 경직된 근본주의일까요. 그렇다면 왜 유독 일본어일까요. 그건 일제강점기 시절, 일본이 우리말과 글을 금지하고 쓰임을 감시하며 가혹하게 처벌했던 기억 때문일 겁니다.

제국주의 국가의 식민지 사업은 비단 일본만의 과오가 아닙니다. 다만 그 정책에서 식민지의 말과 글을 금지하고 내란죄로 다스렸던 사례는 흔치 않습니다. 영국도 그렇게까지는 안 했습니다. 왜 일본만 유독 우리에게 그렇게 했을까요. 그건 우리가 우리일 수 있는, 우리를 우리로 만드는 가장 중요한 무언가가 종교도 피부색도 복장도 먹거리 문화도 아닌, 바로 말과 글 안에 있다고 판단했기 때문입니다.

이제 우리는 우리말과 글을 쓰는 데 제약을 느끼지 않습니다. 고발당할 위험도, 두들겨 맞는 수모를 당할 우려도 없습니다. 적어도 한글날만큼은 우리말과 글 안의 대체 무엇이 압제자들을 그토록 두렵게 했는지 생각해보는 하루였으면 좋겠습니다.

'사바사바'라는 말 많이 쓰시지요. 누구랑 사바사바해서 그렇게 된 거다, 할 때 그 사바사바입니다. 그 유래에 관해서는 설이 많은데요. 그 가운데 하나는 이렇습니다. 일제강점기 시절 한 상인이 일본인 경찰서장 집 앞에 값비싼 고등어 꾸러미를 매번 두고 사라졌습니다. 이상하게 생각한 서장이 상인을 붙잡아 물어봤는데요. 서장 덕분에 지역 치안이 좋아져서 건달에게 고등어를 뜯기지 않으니, 뜯기지 않은 만큼의 고등어 꾸러미를 고마움의 표시로 두고 간 것이라는 대답이 돌아왔습니다. 서장은 만족했습니다.

고등어가 일본말로 사바입니다. 그래서 사바사바라는 말이 생겼습니다. 이후 상인은 서장의 지원에 힘입어 자기 자본금의 열 배에 달하는 한지를 외상으로 매입해 독점했고 이를 통해 큰 이문을 남겼습니다. 제지업과 금광업에 뛰어들어 사업을 일으켰고요. 일본 정부에 국방헌금으로 비행기를 헌납했고 일왕에게는 금두꺼비를 선물했습니다. 각지의 일본군을 위로하러 돌아다니며 자살폭격을 옹호하고, 비행기와 나아가 선박까

172

지 기증하자는 운동을 벌였습니다.

그는 해방 이후 반민족행위특별조사위원회에 기소
되어 체포되었습니다. 그러나 아시다시피 반민족행위
특별조사위원회는 이승만 정부의 압력으로 오래가지
못했습니다. 그는 아무런 처벌도 받지 않고 천수를 누
렸습니다. 그 자손들은 지금도 여전히 지역의 유지이
자 단체의 장으로 잘살고 있습니다. 상인의 이름은 문
명기입니다. 사바사바라는 말을 쓸 때마다 그를 떠올
립니다.

'쌍팔년도'라는 말을 흔하게 사용합니다. 이게 1988년을 의미한다고 생각하는 분들이 많습니다. 아닙니다. 이승만 정부는 공식 연호로 단기를 사용했는데요. 1955년이 단기 4288년입니다. 그러니까 흔히 쌍팔년도적 이야기, 라고 할 때 쌍팔년도는 한국전쟁 직후인 1955년을 의미합니다. 완전히 무너져내린 풍경을 배경으로 모든 게 혼란스럽고 복구 불가능한 것처럼 보였던 시절에 대한 이야기인 거지요.

요즘 시간 날 때마다 한국전쟁을 다룬 옛날 드라마와 소설들을 찾아보고 있습니다. 70, 80년대에 흔한 반공 드라마라고 격하되었던 일부 작품들에서조차 빼어난 완성도와 성찰을 찾아볼 수 있어 굉장히 흥미로운 경험을 하고 있습니다.

특히 전후 저런 혼란과 파괴의 양상을, 그야말로 도무지 아무것도 남아 있지 않은 폐허를 어떻게 복구할 수 있었던 건지 경이롭습니다. 대체 어떻게. 쌍팔년도 이후로도 우리 공동체는 여러 번 위기를 만났습니다. 그리고 매번 결코 복구할 수 없을 것 같은 것들을 복구

해내는 저력을 발휘했습니다.

　제가 찾아본 그 모든 이야기 속에서 공통점을 찾을 수 있었습니다. 시대의 비극으로부터 일어나 회복으로 이끄는 힘은 세련되고 거창한 말에서 나오지 않았습니다. 과격한 우격다짐에서 나오지도 않았습니다. 그런 거창하고 과격한 것들에 휩쓸리지 않는 평정과 극단의 열기를 경계하는 온화함에서 나왔습니다. 그렇다면 우리 시대의 위기 또한 같은 방법으로 이겨낼 수 있을 겁니다. 평정과 온화함 말입니다.

흔히 전쟁보다 끔찍한 건 없다고 합니다. 하지만 그에 버금가는 참상이 정책의 실패로 빚어지기도 합니다. 중국의 대약진운동은 60년대 초 마오쩌둥이 실시한 경제성장 계획입니다. 그러나 계획의 내용이 상식 밖이었습니다. 참새를 유해조수라며 전부 잡아죽여 해충이 들끓게 했습니다. 농민이 직접 강철을 생산하게 했다가 질 낮은 철이 범람하며 농촌 경제가 붕괴했습니다. 결과적으로 대약진운동은 단 한 번의 포화도 없이 5천만여 명을 굶어 죽게 만들었습니다. 책임에서 벗어나고자 마오쩌둥은 문화대혁명까지 일으켰습니다. 젊은 홍위병들이 반혁명적이라는 이유로 거의 모든 중국의 문화유산을 파괴하고 불태웠습니다. 남은 게 없으니 지금도 남의 것을 원래 내 것이라며 탐냅니다. 증거도 사료도 다 불탔으니 그냥 우기면 그만입니다. 잘못된 정책과 이를 무마하기 위한 거짓말은 끔찍한 결과로 이어집니다. 책임은 모든 시민의 생명과 재산으로 나누어 감당해야 합니다. 분별없는 정치인은 전쟁만큼 해롭습니다.

당연한 것들을 더 이상 당연하지 않게 생각하는 것. 오로지 명쾌한 것만이 진실이라 여겼으나 더 이상 진실이 명쾌하지 않다는 걸 알게 되는 것. 그건 아마 노화의 신호가 아니라 지혜로움의 상징이 아닐까.

당대에는 당대의 해법이 있고, 그것을 실행할 수 있는 당대의 힘과 지혜가 있기 마련입니다. 각 시대를 대변하는 리더들은 시대정신을 읽어 말과 정책에 담아내며, 시대정신으로부터 역행하려는 이들을 설득해내는 능력을 가지고 있었습니다.

한 청년이 청계천 길 위에 섰습니다. 있어도 지키지 않는 근로기준법을 화형에 처하겠다는 목적이었습니다. 청년은 손에 근로기준법 법전을 들고 몸에 휘발유를 부었습니다. "근로기준법을 준수하라. 우리는 기계가 아니다. 일요일은 쉬게 하라. 노동자들을 혹사하지 말라. 내 죽음을 헛되이 하지 말라."

그렇게 말하고 청년은 몸에 불을 붙였습니다. 청년은 병원으로 옮겨졌습니다. 하지만 당시는 전 국민 의료보험 제도가 시행되기 전이었습니다. 돈이 없는 응급 환자를 치료해줄 병원도 의사도 없었습니다. 근로감독관마저 치료비 보증을 거부했습니다.

열일곱 살 어린 나이에 재단사 보조로 시작해 짧은 생 동안 자기보다 어린 여공들의 열악한 노동환경을 개선하고자 분투했던 스물두 살 청년은, 그날 밤 그렇게 세상을 떠났습니다. 배가 고프다는 마지막 말을 남겼습니다. 그날 이후 세상은 일하는 자가 더 이상 배고프지 않을 수 있도록 아주 조금씩 바뀌어왔습니다.

전태일 열사의 기일이 돌아올 때마다 생각합니다. 지

177

금 이 시간 모니터 앞에 있든, 운전대를 잡고 있든, 지시를 내리든, 지시를 받든, 달리고 있든, 앉아 있든, 밥벌이를 하는 우리는 모두 전태일의 후배입니다. 더불어 남을 위해 나를 태우는 모든 이는 전태일의 동지입니다. 그를 기억합시다.

90년대만 하더라도 80년 5월의 광주는 여당 지지자가 차라리 언급을 피하는 주제였습니다. 지역감정과 음모론에 근거해 막무가내로 폄훼하는 대상이 아니었습니다. 달라진 건 2000년대 이후입니다. 북한군이 개입했다거나 전두환을 재평가해야 한다는 이야기가 나오기 시작했습니다.

처음에는 진지하게 듣는 사람이 없었습니다. 하지만 이걸 인용하고 퍼뜨리는 사람들이 생겨나더니 놀랍게도 하나의 '의견' 취급을 받게 되었습니다. 급기야 작년에는 국회에서 열린 공청회 자리에 당시 자유한국당 국회의원들과 학자의 입을 통해 '5·18은 폭동' '유족들은 괴물 집단' '전두환은 영웅'과 같은 이야기가 터져나왔습니다.

5월의 광주. 열한 살 전재수 어린이를 비롯한 시민들에게 조준사격을 하고, 임산부를 찌르고 부녀자를 강간하고 구타 흔적이 심한 사체를 절단하거나 태웠습니다. 총에 맞아 쓰러지면 대검으로 찔렀습니다. 검찰은 시신에 총상과 자상이 함께 있는 경우 자상으로 처리하도록 지시했습니다. 이 정도의 폭력은 대개 서구 열강이 식민지의 독립운동을 진압할 때나 발견됩니다. 피부색과 언어가 달라 군인들이 식민지 시민을 같은 인간으로 보지 않았기 때문입니다. 5월의 광주는 같은 피부색에 같은 말을 쓰는 사람들 사이에서 탄생했습니다.

이런 일을 벌여놓고 전두환의 신군부는 이듬해 5월 '국풍81'이라는 관제 축제를 열었습니다. 유래가 없는 축제였습니다. 1천만 명이 수도에 모여 신명나게 노래하고 춤추는 걸 지켜보며 광주는 1주기를 맞이했습니다. 그리고 살인자들이 씨앗을 뿌린 노골적인 소외와 차별의 시간 속에서 질기게 살아남았습니다.

매년 이날이 돌아올 때마다 생각합니다. 더 이상은 당신들의 죽음이 축소되고 폄훼되고 왜곡되지 않게 하겠다고 다짐합니다.

80년 광주. 시민의 상식과 최소한의 권리, 언론의 감시가 완전히 사라진 곳. 그곳에서 공수부대원은 말 그대로 무슨 짓이든 할 수 있었습니다. 80년 5월 19일 서강대생 김의기는 두 눈으로 광주를 목격하고 무사히 서울로 돌아왔습니다. 그러나 전혀 다른 세상과도 같은 서울의 풍경에 적응하지 못했습니다. 공포와 분노에 잠을 이루지 못했습니다.

그는 같은 달 30일 기독교회관에 올라 미리 작성해온 전단지를 뿌렸습니다. "피를 부르는 미친 군홧발 소리가 우리 안방까지 스며들어 가슴팍과 머리를 짓이겨 놓으려고 하는 지금, 동포여 무엇을 하고 있는가. 동포여 우리는 지금 무엇을 하고 있는가." 그는 투신자살했습니다.

광주민주화운동 기념일이 돌아오면 전야제가 열리고 단상이 세워지고 정치인들이 모여들고 부를 수 없었던 곡이 울려 퍼집니다. 하지만 5월의 광주가 마침내 자유로운지 저는 아직 잘 모르겠습니다. 고문이 대검살상이 조준사격이 헬기사격이 포사격이 있었다는 걸 모르는 사람은 이제 거의 없습니다. 그런데 30년, 40년이 지나도록 치유는 고사하고 진상 규명이 여전히 지지부진합니다. 이건 사과하지 않는 책임자 한 사람이 아니라 다수의 암묵적인 동의가 있을 때나 가능한 일입니다.

40여 년이 더 지나면 그런 날이 올까요. 정치인들의 말뿐인 연례행사는 집어치우고. 지역의 발전에는 아무런 관심도 없는 정당이 관성만으로 몰표를 거두어가는 일도 사라지고. 그 숱한 죽음의 의미와 정신에 관해 이쪽 끝의 시민과 저쪽 끝의 시민이 마주 앉아 서로 대화할 수 있는 날이 올까요. 광주 정신이란 과연 무엇인가를 다시 한번 떠올려봅니다.

"내가 너 때문에 못 살겠다. 넌 밤낮 쾌락에만 빠져 있지. 그래 넌 돈을 많이 모았어. 너는 살찌고 얼굴이 둥글어지고 힘이 세지고 우쭐해졌다. 하지만 네 이웃들은 네가 잘못되기를 바라고 있어. 네가 잘못되면 그들은 좋아할 거야. 네가 인간성을 돌보지 않고 있기 때문이야."

어느 아버지가 아들에게 한 이야기입니다. 아들 때문에 속이 많이 상한 모양입니다. 아들에 대한 아버지의 잔소리를 기록한 이 글에서 아버지는 아들이 자신의 직업을 물려받으려 하지 않고, 밤낮 놀러 다니기만 하고 공부를 게을리하며, 성품을 바르게 하는 데 신경을 쓰지 않는다 원망을 쏟아냅니다. 다른 집처럼 부모를 먹여 살리라고 부탁한 적도 없는데 너는 왜 그 모양이니, 지금까지 아빠가 말한 거 그대로 네 입으로 말해봐, 라고 시키기도 하고요.

이 글은 3천 7백 년 전 수메르의 점토판에 기록된 내용입니다. 요즘 말로 하면 베스트셀러였던 모양입니다.
183 원전에 관한 첨삭이 있는 걸로 보아서, 이 글이 처음 발

행된 건 몇백 년 전으로 추정되고, 그렇다면 대략 4천 년 전의 이야기라는 거지요.

처음 이 글을 보았을 때는 아들의 마음에 더 끌렸는데, 이제는 자신이 삶에서 가장 중요하다 여기는 걸 필사적으로 전수하려 노력하는 부모의 마음에 더 공감이 가네요. 저렇게 다그치기만 해서는 될 일이 아니라는 걸 알아서 더 그런 것 같습니다. 여러분은 어디에 더 마음이 가는지 궁금하네요.

인터넷으로 무언가를 주문하기 전에 유심히 살펴보게 되는 게 있지요. 상품평입니다. 요즘은 리뷰라는 말을 더 자주 쓰던가요. 저는 상품평을 볼 때마다 떠올리는 게 있는데요.

지금으로부터 거의 3천 8백여 년 전인 기원전 1750년의 바빌로니아 점토판에 새겨진 거래 문서입니다. 정확히는 거래가 이루어진 이후에 도착한 항의 점토판입니다. "구리가 도착했는데 네가 설명했던 그 등급이 아니다. 너는 번번이 등급을 보장하는데 매번 설명과 다르다. 이게 어떻게 된 것이냐." 별 반 개짜리 평점이지요.

문제는 이 에아-나시르라는 판매자가 한두 개의 나쁜 평점을 받은 판매자가 아니라는 점입니다. 그가 판매한 건 의류부터 주방 기구, 각종 금속류에 이르기까지 다양합니다. 그런데 하나같이 원래 설명했던 것과는 다른 저품질의 엉터리였어요. 구매자들의 항의가 빗발쳤습니다. 구매자들이 보내온 항의 문서가 큰 방 하나를 채울 정도였습니다.

에아-나시르는 이 문서들을 버리지 않고 차곡차곡

한 곳에 모아놓았습니다. 그래서 쉽게 발굴할 수 있었습니다. 도대체 에아-나시르는 왜 평점 테러 문서들을 모아놓았을까요. 그리고 이걸 보면서 대체 무슨 생각을 했던 걸까요. 헤어진 애인들의 사진을 벽면 한구석에 트로피처럼 붙여놓는 영화 속 주인공 같은 심정이었을까요. 알 수 없지요. 다만 4천 년 전에도 사람들은 서로에게 정직함을 요구했다는 것. 그리고 그건 참 중요한 덕목이었다는 사실에 생각이 머물게 됩니다.

'솔론의 개혁'할 때 그 솔론을 기억하시나요. 그리스 아테네가 솔론의 개혁을 기점으로 민주주의 토대를 세웠다고 우리는 학교에서 배웠습니다. 다음은 솔론이 개혁 이후 지중해 세계를 떠돌던 중 크로이소스 왕과 만났을 때 이야기입니다.

젊은 왕은 자신이 이룩한 모든 것이 너무 자랑스러웠습니다. 그래서 일단 도시와 보물을 둘러보게 만든 이후 솔론에게 세상에서 가장 행복한 사람이 누구냐고 물었습니다. 솔론은 평생 많은 자식과 재산을 건사했고 말년에는 전쟁에 나가 전사한 노인이 가장 행복한 사람이라고 말했습니다. 왕은 실망했습니다. 그럼 두 번째로 행복한 사람은 누구냐고 물었습니다. 솔론은 모친을 신전에 모시기 위해 직접 마차를 끌고 먼 길을 뛰다가 지쳐 죽은 형제를 꼽았습니다.

왕은 화가 났습니다. 도대체 그런 자들보다 내가 행복하지 않을 이유가 뭐란 말인가. 솔론은 말했습니다. 잘 살다가 잘 죽는 게 행복의 요체다. 왕은 아직 젊으니 앞으로 어찌 될지 모른다. 요컨대 삶은 예측불허하니 지금의 행복을 들어 교만하지 말라는 의미였습니다. 왕은 훗날 전쟁에 져 나라를 잃고 살해당합니다.

이 이야기는 워낙 유명해서 자주 인용되고는 하는데요. 문득 솔론도 놓친 게 있다는 생각이 들었습니다. 솔론이 당시 왜 세계를 떠돌고 있었는지 알아야 합니다. 그는 평민과 빈민도 정치에 참여할 수 있도록 하는 엄청난 개혁을 수행했습니다. 교과서 속 솔론의 개혁 말입니다. 그리고 그 결과에 충격을 받았습니다. 평민이 정치에 참여할 수 있게 되자마자 참주, 그러니까 독재자를 떠받들었던 것입니다. 솔론은 개혁을 괜히 했다는 생각을 하며 세상을 떠돌았습니다. 하지만 역사는 말해 줍니다. 독재는 오래가지 못했습니다. 그다음 대에서 참주는 무너졌고 마침내 민주정이 선포되었습니다.

솔론의 개혁은 실패한 게 아니었습니다. 단지 시간이 더 필요했던 겁니다. 지금의 행복을 들어 교만하지 말라는 솔론조차, 지금의 불행을 들어 비관할 필요 또한 없다는 건 몰랐습니다. 그러므로 잘 살다가, 잘 죽을 것. 늘 겸허할 것. 함부로 결론을 내리지 말 것. 인생은 예측할 수 없으니까요.

요즘『삼국지』를 소재로 한『화봉요원』이라는 만화책을 읽고 있는데, 이게 우리에게 익숙한 나관중의 소설『삼국지』나 진수의『정사 삼국지』와는 완전히 딴판입니다. 사마의와 조운이 주인공이고 이들이 진영을 선택할 때부터 이미 사마 가문을 위한 큰 계획이 있었다는 설정인데요. 굵직한 사건들 또한 결론을 제외하면 우리가 알고 있는 것과 맥락이 다릅니다.

장비는 후대에 망나니로 기록될 걸 알면서도 뛰어난 능력을 감추었고, 여포가 죽으면서 조조에게 목숨을 구걸한 건 목숨을 아까워하지 않고 주군의 도구가 되기를 자처했던 당대의 시대정신을 뛰어넘었기 때문이라는 식입니다. 처음에는 작가의 자의식이 과하지 않나 싶었습니다. 그런데 생각해보니 꼭 그렇지만도 않은 것 같습니다.

먼 훗날 외계인이 지금의 신문 기사를 토대로 인류의 역사를 재구성한다고 가정해봅시다. 그게 과연 사실을 얼마나 반영하고 있을까요. 아니, 과연 사실이란 무엇일까요. 사건을 경험한 당사자들조차 이해관계에 얽히거나 기억이 왜곡되어 진술이 서로 달라집니다. 기자는 있는 사실 그대로를 건조하게 전달하여 판단을 독자의 몫으로 돌리기보다 자기 신념과 편견에 기반해 먼저 사실을 판단한 이후 사실과 독자 사이의 중재자가 되고자 자처합니다. 마음에 들지 않는 기사는 모두 가짜 뉴스로 낙인찍는 사람들끼리 편을 나누어 서로 다투고 있습니다. 이런 세상에서 단 한 줌의 사실이라도 우리가 손에 쥘 수 있는 걸까요.

저는 잘 모르겠습니다. 옛날에는 다 아는 거 같았는데 갈수록 뭘 아는 게 없어. 해답은 없고 질문만 많아지니 조용히 책이나 읽어야겠습니다.

프랑스 남부에서 남쪽으로 조금 더, 그러니까 지중해를 지나자마자 알제리가 있습니다. 알제리는 프랑스의 식민지였습니다. 프랑스와 가깝습니다. 프랑스가 알제리의 도시 인프라에 많은 투자를 하기도 했습니다. 그래서 프랑스는 알제리를 식민지가 아니라 당연한 본토로 생각했습니다. 국민의 9할에 이르는 알제리인이 이슬람교를 믿는다는 이유로 시민권도 없이 핍박받는 동안, '피에 누아르'라고 불리는 소수의 프랑스계 백인들이 요직을 차지해 군림했습니다.

마침내 독일이 항복하던 날. 흡사 3·1운동처럼 미리 계획을 세웠던 수많은 알제리인이 거리로 쏟아져나와 독립을 외쳤습니다. 제국주의 열강의 지배를 받던 제3세계 국가의 독립은 당대의 시대정신이었습니다. 그래서 독일이 항복하는 시점을 만세 운동의 날로 정한 겁니다. 하지만 프랑스는 눈곱만치도 알제리를 놓아줄 생각이 없었습니다. 이제 막 독일 제국주의로부터 승리를 거둔 프랑스가 말입니다. 독일의 제국주의는 적그리스도의 재림이지만 프랑스의 제국주의는 선한 권리라고 생각했던 모양입니다.

이날 알제리의 열두 살 소년 사르 알 부지드는 머리에 조준사격을 당해 사망했습니다. 소년은 알제리 독립운동의 상징이 되었습니다. 훗날 역사에 '알제리 독립전쟁'으로 기록된 대규모 봉기는 거의 10년 후에야 일어날 수 있었습니다. 그리고 이 전쟁에서 60년대 유럽이라고는 믿기 어려운 반인륜적 범죄들이 자행되었습니다. 살인과 고문, 부역자 처단과 길거리 참수, 강간, 사체 훼손이 조직적으로 벌어졌습니다. 사람들이 기념사진을 찍어대는 아름다운 센강에는 프랑스를 규탄하며 시위 중이던 알제리인 만 명이 아이들을 포함해 산채로 수장되었습니다. 이 모든 게 자유와 평등과 박애의 나라 프랑스에서 벌어진 일입니다.

전쟁 중 알제리 민간인 2백만 명이 학살당했습니다. 2백만 명입니다. 알제리는 결국 드골 정부와 합의하여 1962년 독립을 쟁취했습니다. 자유를 위해 싸우다 죽어간 모든 이를 기억합시다. 자유는 공짜가 아닙니다.

링컨이 어느 정당 소속이었는지 아시나요. 링컨은 노예제 폐지를 주장했으니 민주당일 거라고 생각하는 분이 있습니다. 사실은 공화당 대통령이었습니다. 그러니까 공화당이라는 하나의 정당 밑에서 링컨과 트럼프 대통령이 배출된 겁니다. 아이러니한 일이지요.

알고 보면 놀라운 일이 아닙니다. 그때는 미국 민주당과 공화당의 입장이 지금과 반대였습니다. 공화당은 출발부터가 노예제에 반대하는 탈당파 의원들의 모임이었습니다. 공화당 지지 기반이 모두 도시라서 노예제 폐지를 주장해야 했습니다. 농장을 경영하는 데 노예가 필요했던 남부는 민주당의 텃밭이었습니다.

지금의 당론으로 바뀐 건 루즈벨트 대통령의 뉴딜 연합, 그리고 60년대 공민권 운동 시기를 거치면서입니다. 60년대 미국의 공민권 운동은 백인과의 동등한 권리를 요구하는 흑인의 인권 운동이었습니다. 남부가 좋아할 리 없지요. 남부가 민주당에 등을 돌렸습니다. 그렇게 전통적 민주당 텃밭이었던 남부가 무주공산이 되었고, 이때를 틈타 공화당이 남부를 새로운 지역 기반으로 가져간 것이지요.

이걸 공화당의 남부전략이라고 부릅니다. 현대 정치사에서 이렇게 오래된 두 거대 정당이 지역 기반을 완전히 교환하는 건 굉장히 보기 드문 일입니다. 전라도의 롯데와 경상도의 해태, 뭐 이런 느낌이지요.

영원한 건 없고 그럴 만한 환경과 이유만 있다면 모든 건 변한다는 좋은 사례입니다. 어떻게 변하니, 라고 탓하기보다 바뀔 만한 상황에 미리 대비하고 대응하는 게 지혜롭지 않을까 생각해보았습니다.

「잊을 수 없는 기억」이라는 다큐멘터리 영화가 있습니다. 2010년 광주비엔날레 출품작입니다. 이 다큐멘터리를 보면 기묘한 장면이 나옵니다. 감독이 지나가던 시민에게 사진 한 장을 보여줍니다. 세계를 뒤흔든, 이제는 역사가 된 사진입니다. 사진에는 탱크가 있습니다. 탱크를 막아선 한 사람이 보입니다. 감독이 시민에게 이 사진의 사람이 보이냐고 묻습니다. 그러자 탱크는 보이는데 사람은 보이지 않는다는 대답이 돌아옵니다.

　보이지 않는 시민이 탱크를 막아선 지 30년이 훌쩍 넘었습니다. 누군가는 이날을 천안문 6·4항쟁이라고 부릅니다. 또 누군가는 1980년대 말 춘하계 정치 풍파라고 부릅니다. 사실 어떻게 부르는지에 관한 문제는 중요하지 않을지 모릅니다. 누구도 언급 자체를 하지 않기 때문입니다. 언급하지 않고, 궁금해하지 않으며, 알아도 모른다고 해야 하는, 보이지 않는 사람이 탱크를 막아섰던 그날. 정확히 몇 명이 죽었는지 아무도 알지 못합니다.

저는 제 의견을 말하려는 게 아닙니다. 다만 그날 그렇게 역사에서 증발한 사람들에 대해 이야기하고 싶었습니다. 사람마다 생각과 언어와 입장이 달라도 애도하는 마음은 모두 같다고 생각하기 때문입니다. 지구 어디에선가 같은 일들이 계속해서 되풀이되고 있기 때문입니다. 1989년 6월. 중국 베이징의 천안문 광장에서 목숨을 잃은 모든 이의 명복을 빕니다.

"과거를 지배하는 자가 현재를 지배하며 현재를 지배하는 자가 미래를 지배한다."

　조지 오웰의 『1984』의 유명한 대사입니다. 이 책에는 정부의 현 정책에 맞추어 역사를 실시간으로 수정하고 검열하는 기록국이 등장합니다. 기록국에서 하는 일이란 역사를 바꾸는 일입니다. 존재하는 모든 기록에서 정부가 필요로 하는 내용을 수정합니다. 정부가 필요하다고 판단하면 국가는 지난 수십 년간 이웃나라와 전쟁 중이었던 게 되고 관련된 모든 자료를 수정합니다. 정부가 필요하다고 생각하면 다음 날에는 지난 수십 년간 이웃나라와 평화로웠던 게 되고 다시 모든 자료를 수정합니다. 시민은 사사로이 생각할 자유가 없기에 나라에서 그렇게 말하면 그렇다고 믿으면 됩니다.

　어떤 나라들, 또 어떤 정권들이 과거의 역사에 집착하여 번번이 역사를 새롭게 다시 쓰고 싶어 하는 이유가 바로 여기에 있습니다. 새로운 역사 교과서 논쟁을 떠올려봅시다. 우리도 겪었고 일본도 있었습니다. 그들에게 역사를 고칠 수 있는 권능이란 말할 수 없이 매혹

적이고 달콤한 것입니다. 역사를 고칠 수 있다면 지금의 권력을 뺏기지 않고 영원히 누릴 수 있습니다. 권력의 정당성을 얼마든지 앉은 자리에서 새로 지어 만들어 낼 수 있습니다. 과거를 지배하는 자가 현재를 지배하며 현재를 지배하는 자가 미래를 지배합니다.

그런 사람들이 존재하는 이상 우리는 반드시 역사를 알아야 합니다. 역사를 알지 못하면, 우리는 결국 영속적 지배 상태에 놓일 수밖에 없습니다.

어느 문명이나 어느 세계나 시대를 막론하고 다음 페이지로 넘어가는 대목이 있습니다. 흥미로운 건 그런 대목마다 시대를 대변하는 한마디가 있었다는 겁니다. 빵을 달라는 호소에서 나에게는 꿈이 있다는 외침까지. 문장들이 시대의 괴로움과 궁핍함을 대변했습니다. 우리에게 그런 단 한 문장이 있었던가. 무엇이었던가. 생각해보았습니다.

떠올랐습니다. 이건 너무 심하잖아. 나와는 상관없고 관심이 없으며 때로는 짜증이 나기도 했던 누군가가 거리 위에 축 늘어져 쓰러진 걸 보고, 이건 너무 심하잖아, 외치며 팔을 걷어붙였을 때. 그럴 때마다 우리 시대는 다음 페이지로 넘어가는 동력을 얻었습니다.

그러고 보면 우리 사회는 언제나 내가 아닌 다른 사람들의 입장에 진심으로 공감하고 함께 아파하는 순간 한 발 더 내디딜 수 있었습니다. 뉴스를 보며 답답하고 화가 날 때가 많으신가요. 그렇다면 바로 지금이 그 순간일지 모릅니다. 이건 너무 심하잖아.

소설 『화씨 451』 읽어보셨는지요. 읽어보지 않더라도 프랑수아 트뤼포의 영화를 보셨을지 모르겠습니다. 레이 브래드버리의 『화씨 451』은 조지 오웰의 『1984』와 올더스 헉슬리의 『멋진 신세계』, 그리고 예브게니 자먀틴의 『우리들』처럼 암울한 디스토피아를 그리는 걸작입니다.

이 책들이 경고하고 있는 미래 사회의 모습은 큰 틀에서 비슷합니다. 강력한 통제수단을 가지고 있는 정부가 있습니다. 대중은 웃음과 쾌락을 제공하는 미디어에 취해 있습니다. 모든 사생활은 감시당하며 정부뿐 아니라 시민이 자발적으로 서로를 감시합니다. 그리고 책을 쓰거나 읽는 건 금지되어 있습니다.

『화씨 451』은 책이 불타기 시작하는 온도를 의미합니다. 주인공의 직업은 책을 불태우는 방화사입니다. 『화씨 451』의 세계에는 소방관 대신 방화사가 있습니다. 전에는 방화사의 일이 많았습니다. 하지만 이제 점점 일이 줄고 있습니다. 집에 책을 숨겨놓고 있는 사람이 이제 거의 남아 있지 않기 때문입니다.

책이 사라진 건 정부가 금지했기 때문이 아닙니다. 사람들이 불편한 내용의 책에 염증을 느끼기 시작했기 때문입니다. 그래서 자발적으로 몰려가 항의하고 불편한 페이지를 찢는 게 공공연하게 되었습니다. 교인들은 종교를 욕되게 하는 책을 태웠고, 진보론자들은 허튼소리라고 여겨지는 책들을 찢어버렸습니다. 정부는 그 모든 과정을 즐거운 마음으로 지켜보았습니다.

책 속에서 "소수자들의 눈에 거슬리는 작품은 골칫거리가 되기 전에 불태워 버려라"는 대사가 나옵니다. 불편한 사람들이 생기면 논쟁이 생기고 논쟁이 생기면 사람이 사고하기 시작합니다. 그러니까 우선적으로 태우라는 겁니다. 자유롭게 사고하고 표현하는 인간은 핵미사일만큼 무서우니까요.

이제는 더 이상 불편한 사람도, 항의하는 사람도 없습니다. 한 점의 불편함도 찾아볼 수 없도록 만들어진 예능과 드라마를 온종일 보는 『화씨 451』의 사람들은 스스로 행복하다고 생각합니다. 하지만 행복이 무엇이냐는 질문에는 어리둥절하며 대답하지 못합니다. 주인공은 여전히 세상을 향해 호기심이라는 걸 가지고 있는 소녀를 발견합니다. 그리고 대체 저 소녀는 삶에 대한 태도가 왜 저렇게 다른 걸까 고민합니다. 그렇게 그 소녀처럼 몰래 책을 읽어보기 시작합니다. 결국 이야기는 반전을 맞이합니다.

『화씨 451』과 『1984』 모두 주인공이 책을 읽는 행위에서 생각할 줄 아는 사람으로 각성한다는 사실은 의미심장합니다. 진시황도 히틀러도 일본 제국주의도 책을 불태웠지요. 우리는 다행히 책이 금지된 사회에서 살고 있지 않습니다. 과거 논쟁적이라는 이유로 금지되고 불태워졌던 책을 읽어보는 건 어떨까요. 불편한 책을 사랑합시다. 가장 위태롭고 혼란스러울 때, 불편한 책 속의 이야기가 우리에게 지혜와 평정을 가져다줄 겁니다.

오래된 질문이 있습니다. 아무도 없는 숲에서 나무가 쓰러지면 소리가 날까요, 나지 않을까요. 현상학은 개인이 특정 현상을 어떻게 지각했느냐는 주관에서 객관적 실체를 파악하고자 하는 학문입니다. 그에 따르면 소리는 나지 않았을 겁니다. 소리를 듣는 존재가 없으니까요. 사람 사이의 소통을 강조하거나 마케팅을 강의하는 사람의 입장에서도 마찬가지일 겁니다. 누군가에게 소리가 가닿지 않았다면 그것은 애초 존재하지 않는 것과 다름없다고 말할 테니까요.

누군가는 이 질문에서 사람이 듣지 않았다고 그게 애초 존재하지 않는다고 말하는 건, 오직 인간만을 중심에 둔 극단적 오만함이라고 말하기도 합니다. 동물이 들었겠지, 꽃이 들었겠지. 타당한 말처럼 보입니다. 다만 이 지적은 질문의 요지에서 빗나간 것이기도 합니다. 아무도 없는 숲이라는 건 나무 이외에 소리를 들을 어떤 생명체도 존재하지 않는다는 가정 위에 있으니까요.

결국, 이 질문은 소리가 사실인지 경험인지에 따라

답이 달라질 겁니다. 사실로 파악했다면 그걸 듣는 존재가 있든 없든 간에 파동이 발생했으니 매질인 대기를 통해 소리가 났을 겁니다. 경험으로 파악했다면 애초 관측을 할 존재가 없고 나아가 경험이 실체를 정확히 반영한다고 확신할 수 없기 때문에(우리 모두 알고 있듯이 경험은 사실을 왜곡합니다), 소리가 나거나 나지 않았다고 말할 수 없게 될 겁니다. 결국 소리가 났느냐 나지 않았느냐가 아닌, 확률로만 답을 낼 수 있겠지요.

'아무도 없는 숲에서 나무가 쓰러지면 소리가 날까요'라는 질문은 '존재라는 게 과연 사실인가 경험인가'라는 거대한 질문으로 확장됩니다. 이 질문에 정답은 없습니다. 정답이 없는 질문이라 즐겁습니다. 정답이 없는 질문을 설명하려 애쓸 때 인류는 진보해왔습니다.

진정한 강인함이란 하늘을 날고 쇠를 구부리는 게 아닌, 역경에 굴하지 않고 삶을 끝까지 살아내며 마침내 스스로를 증명하는 태도에서 발견할 수 있는 것이 아닐까.

스스로를 돌아보아야 한다는 고단함

소라게 아시지요. 정식 명칭은 집게입니다. 저도 어렸을 때 길렀던 적이 있습니다. 대전 엑스포 가서 샀던 건데 꽤 오래 길렀어요. 소라게는 집 욕심이 굉장합니다. 사람을 두려워함에도 주변에 쓸 만한 껍데기를 발견하면 사람이 있든 말든 냉큼 집을 갈아탑니다. 마음에 드는 집을 발견했을 때 경쟁자가 있다면 싸우기도 합니다.

하지만 소라게는 쓸데없는 욕심을 부리지는 않습니다. 자신에게 필요한 정확한 크기의 집을 알고 있습니다. 집을 옮겼다가도 필요한 것보다 크면 원래 집으로 돌아갑니다.

바로 이 지점에서 소라게에게 부동산 문제가 발생합니다. 너무 큰 빈집은 소라게에게 의미가 없는 공급입니다. 곧이어 흥미로운 일이 벌어집니다. 다른 소라게들이 나타나 줄을 서기 시작합니다.

가장 큰 소라게부터 크기순으로 줄을 섭니다. 그리고 마침내 몸집이 큰 소라게가 나타나 저 큰 빈집을 차지한 뒤 자기 집을 두고 떠나면, 줄을 섰던 순서대로 집을 바꾸기 시작합니다. 앞줄의 소라게가 두고 간 빈집을 뒷줄의 소라게가 차지하는 거지요.

자신이 건사할 수 있는 욕심의 크기를 알고 그 이상을 바라지 않는다는 것. 서로의 욕심을 부정하지 않고 서로 돕는 방식으로 아무도 실패하고 뒤처지는 동료 없이 위기에 대처하는 것. 소라게에게 한 수 배웁니다.

아서 C. 클라크의 『유년기의 끝』은 제가 가장 좋아하는 SF 소설입니다. 아직도 처음 그 첫 번째 장을 읽었을 때의 두근거림을 잊을 수가 없습니다. 이야기의 서두에서 두 거대 열강은 우주개발에 한창입니다. 미국의 과학자는 소련의 로켓 기술에 밀릴까 봐 전전긍긍하는 중입니다. 그러다 소란스러운 틈에 밖으로 나와 하늘을 올려다봅니다. 그리고 이제까지 해왔던 모든 노력이 아무짝에도 쓸모없는 일이 되었음을 깨닫습니다. 하늘에는 지평선 끝까지 도무지 크기를 가늠할 수 없을 정도로 거대한 UFO가 펼쳐져 있었습니다. 저런 크기의 비행선으로 항성 사이를 이동할 수 있는 종족을 상대로라면, 우리 인류의 기술이란 아무 의미가 없는 겁니다. 파도 앞의 모래알 같은 것이지요.

인류는 더 이상 혼자가 아니라는 걸 깨닫습니다. 그리고 항성 간 여행이 가능할 정도의 기술을 가진 자들이 굳이 이곳 지구까지 왔다면 그 목적이 무엇일까, 라는 무력감과 공포를 경험합니다. 인간 중심적인 사고는 종말을 맞이합니다. 처음으로 외부자의 시선이라는 것을 의식하며 인류는 급격한 변화를 맞습니다. 변화의 중심에는 우주선에서 내려온 외계인이 있습니다. 외계 종족의 이름은 오버로드입니다. 오버로드는 인류의 갈등과 전쟁, 헛된 가짜 믿음, 다른 생명을 죽이는 문화를 '물리적으로' 종결해버립니다. 오버로드로 인해 각성한 인류는 결국 마지막 진화의 단계에 접어듭니다. 제목 그대로입니다. 인류는 유년기의 끝을 고합니다.

　미 국방부가 UFO 영상 세 개를 공개했습니다. 청문회도 열렸습니다. 그것이 외계에서 온 것인지는 확신할 수 없으나 미확인 비행 물체가 존재한다는 건 명백하다는 결론이었습니다. 이건 중요한 이야기의 서막일지 모릅니다. 어느 날 갑자기 우리 이외에 우리를 바라보는 제3의 존재가 있다는 걸 알게 된다면 세상은 어떻게 달라질까요. 어쩌면 우리는 누군가 지켜보는 사람 없으니까 부끄러울 필요 없다는 생각에 너무 오랫동안 익숙해진 건지도 모르겠습니다.

소설 『전쟁과 평화』나 『안나 카레니나』 읽어보셨나요. 톨스토이의 작품이지요. 성공한 작가였던 그는 어느 날 자신의 여태까지 작품이 모두 귀족문학에 지나지 않았다고 선언합니다. 그리고 한동안 모두가 쉽고 편하게 읽을 수 있는 우화 형식의 단편 활동에 집중했습니다. 「사람은 무엇으로 사는가」가 이 시기에 발표됐습니다. 그 가운데 「사람은 얼마만큼의 땅이 필요한가」라는 이야기가 실려 있습니다.

주인공 바흠은 땅에 집착하는 농민입니다. 열심히 노력해서 자기 땅을 갖는 데 성공했지만 너무 비좁습니다. 그는 비좁은 땅 때문에 불행하다고 느꼈습니다. 그는 다른 땅을 찾아 떠났고 곧 자신과 가족을 충분히 건사할 수 있는 크기의 땅을 만납니다. 그러나 같은 돈으로 훨씬 더 큰 땅을 살 수 있다는 말을 듣게 됩니다. 갈등하던 바흠은 결정을 뒤집습니다. 그리고 더 큰 땅을 향해 다시 길을 재촉합니다.

그는 마침내 목적지에 당도합니다. 정말이었습니다. 더 크고 저렴한 땅입니다. 그런데 한 가지 조건이 있습니다. 해가 떨어지기 전까지 왕복해서 도달할 수 있는 크기의 땅을 헐값에 살 수 있다는 겁니다. 그는 크게 기뻐합니다. 그리고 갈 수 있는 만큼 갔다가 해가 떨어지기 전까지 안간힘을 다해 서둘러 돌아옵니다. 하지만 결국 땅을 살 수 없었습니다. 바흠은 과로로 죽습니다. 그는 결국 자기 몸 크기만큼의 땅에 묻힙니다.

톨스토이가 말하고자 하는 건 흔히 알려진 이 단편의 교훈처럼 네 몸뚱어리만큼의 땅이 필요하다는 게 아닙니다. 충분히 만족하고 평안을 찾을 수 있는 행운이 눈앞에 있음에도 기회를 망치는 건, 언제나 조금 더 크고 많은 걸 갖고 싶다는 욕심 때문이라는 이야기입니다. 여러분은 바흠에게서 무엇이 보이시나요. 이 소설이 자주 떠오르는 세상입니다.

피해의식은 어떻게 한 사람을 망칠까요. 여기 한 남자가 있습니다. 똑똑해요. 자수성가했습니다. 심지어 지구에서 가장 강한 나라의 대통령이 되었습니다. 그런데도 그에게는 고민이 있었습니다. 모두가 자신을 속이려 한다고 생각했거든요.

그가 그런 생각을 하게 된 건 오래되었습니다. 시작은 존 F. 케네디였습니다. 남자는 흙수저입니다. 전부그의 손으로 이루었어요. 그런데 케네디는 전부 가문덕으로 이뤘습니다. 그는 똑똑해도 등록금이 없어서 하버드에 못 갔습니다. 케네디는 돈으로 하버드에 갔습니다. 대선에서 케네디에게 졌을 때 그는 여성 표 때문에졌다거나 조작이 있었다고 화를 냈습니다. 여성표가 쏟아졌던 건 사실입니다. 수시로 땀을 뻘뻘 흘리는 그에비해 케네디는 세련되고 잘생겼으며 말도 훨씬 더 잘했습니다.

베트남 전쟁을 시작한 건 케네디고 그걸 끝낸 건 그입니다. 그런데 사람들은 반대로 기억합니다. 모두가케네디를 사랑했고 그는 미워했습니다. 그렇게 그의 피해의식에는 이해할 만한 구석이 있었습니다. 하지만 모두 지난 일입니다. 이미 케네디는 암살당했고 자신은 이제 대통령입니다. 더 이상 피해의식을 가질 필요가 없습니다. 그럼에도 그의 피해의식은 갈수록 커졌습니다. 나에 반대하는 모든 이는 케네디와 다를 게 없는 자들이다. 스스로를 지키기 위해 나는 무슨 일이든 할 수 있다. 그의 피해의식은 급기야 망상으로 옮겨갔습니다.

지금으로부터 50여 년 전. 워터게이트 호텔의 민주당 사무실에 이상한 도둑이 나타났습니다. 도둑은 검거되었고 작게 보도됩니다. 하지만 이 사건의 숨은 행간을 끝까지 추적한 두 명의 기자가 있었습니다. 결국 대통령이 자신에게 반대하는 모든 이를 도청해왔다는 사실이 만천하에 드러납니다. 내게 반대하는 모든 이는 악마이고, 나를 둘러싼 음모가 있고, 그러므로 나를 지키기 위해 무슨 짓을 하든 그건 국가를 위한 일이라고 믿었던 리처드 닉슨은 그렇게 몰락했습니다. 전쟁도, 도청도, 케네디도 아니었습니다. 닉슨을 쓰러뜨린 건 그 자신이었습니다.

멘탈이 강하다는 표현, 요즘 참 심심치 않게 볼 수 있습니다. 멘탈이 강하다는 게 대체 무슨 의미일까요. 본래 우리말로 바꾸면 심지가 곧다, 정신력이 강하다, 그래서 쉽게 흔들리지 않는다는 의미로 파악해볼 수 있을 것 같습니다. 하지만 요즘 실제 일상에서 쓰이는 모습을 보면 저런 의미가 맞는지 의문입니다.

뒷광고를 비롯한 기타 논란으로 문제가 된 유튜버들을 정리한 글을 봤는데요. 사과한 사람들이 있는 반면 사과하지 않고 그냥 모르쇠로 일관한 채널의 경우 멘탈이 강하다는 이유로 칭송받으며 구독자가 오히려 늘었습니다. 그러니까 너희들도 살면서 문제가 생기면 사과하지 말라는 내용이었습니다. 비아냥이나 농담이 아니라 정말 진심으로 그렇게 생각하는 것 같아 놀랐습니다.

멘탈이 강하다는 말과 정신력이 강하다는 말의 의미는 실생활에서 정확하게 호응하지 않습니다. 잘못을 저질러놓고도 끝까지 사과하지 않는 사람을 우리는 정신력이 강하다고 말하지 않습니다. 뻔뻔하고 파렴치하다고 표현합니다.

　돌아보면 우리 모두 너무 많은 평가에 휘둘리는 시기를 살고 있습니다. 전에는 나에 관한 타인의 평가를 들으려면 주변만 살피면 되었습니다. 이제는 나에 대해 별 관심이 없고 저마다 특정한 감정에 취해 있는, 즉 별로 신뢰할 수 없는 불특정 다수의 그룹에게 실시간으로 외모와 인성에 관한 평가를 받지요. 그런 의미 없는 대용량의 평가에 과몰입하다 보니 언뜻 타인의 시선에 휘둘리지 않는 것처럼 보이는 소위 멘탈이 강한 사람을 선망하게 되는 건 당연한 일일지 모릅니다.

　하지만 극단적 상황에 극단적 해법은 사람을 더욱 불행하게 만듭니다. 언제나 그렇습니다. 스스로를 돌아보는 능력을 상실하고 타인의 고통으로부터 아무런 영향을 받지 않는 사람이 되려는 건, 평가에 과몰입하여 인생을 망치는 것 못지않게 무모하고 위험한 일입니다. 잘못을 저질러놓고도 후회하거나 반성하지 않는 건 담대한 게 아닙니다. 오히려 타인의 평가에 지나치게 사로잡혀 망가진 사람입니다.

남자는 연기가 하고 싶었습니다. 하지만 제작자들은 상대를 똑바로 쳐다보지 못하고 늘 어눌하게 발음하는 이 이탈리안계 남자에게서 별다른 매력을 찾지 못했습니다. 그렇게 나이만 먹어갔습니다. 나이 서른 살에 주머니를 털어봤자 나오는 건 몇 달러뿐. 사실상 백수. 가진 건 개 한 마리뿐.

남자는 불행했습니다. 어느 날 바에 앉아 술을 마시며 무함마드 알리의 타이틀 매치를 보게 되었습니다. 상대는 척 웨프너라는 무명의 백인 복서였습니다. 그리고 놀라운 일이 벌어졌습니다. 웨프너가 뻗은 주먹에 알리가 다운을 뺏긴 겁니다. 경기를 지켜보던 모든 사람이 비명을 질렀습니다. 물론 이번에 불과했습니다. 알리는 TKO로 타이틀을 지켰습니다. 하루 이틀짜리 뉴스 단신으로 끝날 이야기였습니다.

하지만 남자에게는 그렇지 않았습니다. 남자는 무명의 백인 복서에게서 자신을 보았습니다. 자신도 노력하면 챔피언과 부끄럽지 않게 싸울 수 있다고, 그래서 내가 쓸데없이 나이만 먹은 쓰레기가 아니라는 걸 스스로에게 증명할 수 있다고 믿었습니다.

그 길로 남자는 집에 틀어박혀 글을 쓰기 시작했습니다. 서른 살의 백수건달 복싱 선수가 챔피언과 경기를 하게 되고, 비록 이기지는 못하지만 적어도 부들거리는 두 다리로 끝까지 버티어내는 이야기였습니다. 그는 이야기를 영화 제작자에게 저렴하게 넘기는 조건으로 자신이 주연을 맡아야 한다고 우겼습니다. 그리고 놀랍게도, 그렇게 되었습니다.

이 영화는 제49회 아카데미 시상식에서 작품상과 감독상, 그리고 편집상을 수상했습니다. 실베스터 스탤론과 영화 「록키」는, 그렇게 우리와 만났습니다. 자신에게 아무런 가치가 없다고 생각하시나요. 나는 할 수 없다고 생각하십니까. 중요한 건 인정받는 게 아닙니다. 나에게 나를 증명하는 게 중요합니다. 그럼 할 수 있습니다. 저는 그렇게 생각합니다.

　　　　　　가장 강한 사나이, 라는 수식어를 들었
을 때 제일 먼저 떠오르는 건 슈퍼맨일 겁니다. 두 명
의 젊은 만화가가 니체의 위버멘쉬Übermensch 이야기
에서 착안해 슈퍼맨이라 이름 붙인 이 만화 속 영웅은
수십 년 동안 저를 포함해 많은 이의 마음을 사로잡았
습니다.

　한때 슈퍼맨을 연기한 배우는 저주를 받는다는 소문
이 있었습니다. 미국의 TV 시리즈에서 오랜 기간 슈퍼
맨을 연기했던 조지 리브스가 극단적인 선택을 하는 사
건이 있었는데요. 당시 이는 충격적인 사건이었고 누구
도 죽일 수 없는 강철의 사나이가 스스로 목숨을 끊었
다는 헤드라인이 연일 쏟아져 나왔습니다. 급기야 '슈
퍼맨의 저주'라는 말이 등장했습니다. 사건에 미심쩍은
정황이 드러나면서 자살이 아닐 수 있다는 의혹이 터져
나왔고, 오랜 시간 동안 조지 리브스의 죽음은 호사가
들의 입을 오르내렸습니다.

　시간이 흘러 리처드 도너 감독의 영화 「슈퍼맨」에 세
계가 다시 열광했습니다. 하지만 슈퍼맨을 연기한 배우

크리스토퍼 리브가 이후 낙마 사고로 전신 마비에 이르면서, 사람들은 조지 리브스에 이어 크리스토퍼 리브도 그렇게 된 걸 보니 여기에는 뭔가 있는 게 분명하다며 슈퍼맨의 저주를 다시 언급하기 시작했습니다.

이 오래된 저주를 끊은 건 크리스토퍼 리브 그 자신이었습니다. 그는 전신이 마비된 상태에서 이후로도 오랫동안 활발하게 활동하며 선행을 베풀었습니다. 그리고 스크린 속의 슈퍼맨일 때 보다 더 많은 이에게 깊은 감동과 영감을 선사했습니다. 그의 열정은 2004년 세상을 떠날 때까지 계속되었습니다. 더 이상 슈퍼맨의 저주라는 말을 꺼내는 사람은 없습니다.

진정한 강인함이란 하늘을 날고 쇠를 구부리는 게 아닌, 역경에 굴하지 않고 삶을 끝까지 살아내며 마침내 스스로를 증명하는 태도에서 발견할 수 있는 것이 아닐까. 그런 생각을 해보았습니다.

며칠 전 비가 내렸습니다. 기상청에서 분명히 비가 온다고 했는데 안 오길래 그러려니 하고 있었습니다. 그런데 맑은 하늘에서 갑자기 비가 쏟아지더군요. 그렇게 잠시 내리다 그쳤는데, 무슨 그림처럼 무지개가 뜨더라고요. 한참을 바라봤습니다.

보통 여우비라고들 하지요. 비가 올 날씨가 아닌데 갑자기 맑은 하늘에 비가 내리는 걸 보고 여우비라고 합니다. 여우를 사랑했던 구름이 여우 시집가는 걸 보고 슬퍼서 우는 게 여우비라는 이야기를 어릴 때 들은 적이 있습니다.

이걸 튀르키예에서는 악마가 결혼할 때 내리는 비라고도 하고 폴란드에서는 마녀가 버터를 만들 때 내리는 비라고도 합니다. 나라마다 부르는 이름은 다르지만 어찌 됐든 본래 비가 내릴 상황이 아닌데, 뭔가 다른 일이 끼어들어 맑은 하늘에 비를 부른 것이라는 의미를 공통적으로 담고 있습니다.

소설 『모래의 여자』를 보면 모래를 퍼서 밖으로 내버리지 않으면 하루 만에 파묻혀버리는 구덩이 안에 갇혀 평생을 모래만 푸고 있는 사람이 등장합니다. 처음 읽었을 때는 반복되는 일상에 함몰되어 구덩이 밖을 상상하지 못하는 인간에 대해 생각했습니다. 그런데 요즘 다시 읽어보니 조금 다른 마음이 들더군요.

이걸 하지 않으면 우리 가족이 굶는다는 절박함으로 거의 매일 내 몫의 모래를 푸고 있는 사람들이 있습니다. 방역 재난으로 집 안에 갇혀 반복되는 일상 속 모래의 무게에 질식하고 있는 사람들이 있습니다. 그들 앞에 아주 가끔씩은 이런 여우비 같은 일이 벌어졌으면 좋겠다는 생각을 해보았습니다. 여우비가 그치고 무지개가 떴을 때야 비로소 알게 되는 것들이 있기 때문입니다.

여러분은 자기 자신과 누군가를 살리고 있습니다. 여러분은 삶의 보루입니다. 여러분은 결코 쓸모없는 일을 하고 있는 게 아닙니다.

해외의 오디오 커뮤니티를 오가다 보면 격언처럼 자주 인용되는 말이 있습니다. 문제가 생기기 전에 미리 해결하려 들지 마라, 입니다. 오디오에 취미를 가진 사람들이 음질에 도움이 된다고 하면 지금 청음 환경에 아무런 문제가 없음에도 불구하고 큰 비용을 들여 뭔가를 자꾸 새로 사고 채워서 불안감을 없애려 하는 관성을 지적하는 이야기입니다. 이게 비단 특정한 취미 분야에만 해당하는 말이라고 생각하는 분은 없을 겁니다. 아무 문제가 없음에도 존재하지 않는 문제를 해결하는 데 불필요하게 과몰입하거나 비용을 지불하고는 합니다.

미리 준비하는 게 나쁠 건 없지요. 하지만 다가올 미래에 대비하는 것과 단지 불안감과 공허함을 채우기 위해, 혹은 그저 만족감을 위해 주변의 염려를 묵살하고 부러 없는 고민을 만들어 하는 건 참 소모적인 일입니다. 내가 해결할 수 없는 일이나 애초 해결하고 말고 할 게 없는 일에 과몰입하지 않는 지혜로움에 관해 생각해 보았습니다.

바쁘다는 이유로 잊고 사는 것들이 있습니다. 어쩌면 우리 삶에서 가장 중요한 것들 가운데 하나인지도 모르는데 말이지요.

사람이 사람일 수 있게 만들어주는 단 하나의 특징이 있다면 과연 무엇일까요. 그 특징이란 누구에게나 내재된 자질 같은 것일까요, 아니면 갈고 다듬어 정돈할 수 있는 태도와 같은 것일까요. 저는 후자이기를 바랍니다. 누구나 인간으로 태어납니다. 하지만 사람으로 죽는 자는 많지 않습니다.

요즘에는 학교에서 급식이 나오지요. 저는 도시락을 가지고 다녔습니다. 도시락을 넣고 다니는 도시락 가방이라는 게 있었고요. 그때는 다들 그런 걸 들고 다녔습니다. 어느 날 등굣길에 크고 넓은 횡단보도를 건너고 있었습니다. 평소 지나던 길은 아니었습니다. 그래서 학생보다 출근하는 사람이 더 많았습니다. 어른들이 오가며 바쁘게 하루를 재촉하고 있었습니다. 횡단보도를 중간쯤 지나는데 어디선가 쨍그랑 깨지는 소리가 들렸습니다. 돌아보니 도시락 가방에 구멍이 났는지 젓가락이 빠져 길 위에 나뒹굴고 있었습니다.

그게 왜 그리 창피했는지 모르겠습니다. 지금 같으면 돌아서서 낮은 포복으로 기어가 젓가락을 잡고 물구나무서기라도 할 수 있을 것 같은데, 무슨 이유에선가 그때는 믿을 수 없을 정도로 수치스럽다는 생각이 들었습니다. 모른 척하고 그냥 가려고 두 발자국 정도 발을 떼었는데 뒤에서 어느 아저씨의 큰소리가 들려왔습니다. "학생! 젓가락 떨어졌어!" 주변을 지나던 시선이 모아졌습니다. 모두가 깔깔대고 웃었고 저는 홍당무가 되어 젓가락을 줍고 학교 방향으로 쏜살같이 달려갔습니다.

살다 보면 반드시 해야만 할 것 같은 일을 단지 창피하다는 이유로 회피하는 일이 종종 벌어집니다. 하지만 경험해본 자들은 모두 알고 있습니다. 단지 창피하다는 이유로 무언가를 하지 않으면 반드시 후회한다는 사실을 말입니다. 혹시 창피를 당할까 봐 무언가 미루고 있는 분이 있나요. 미루지 말고, 뒤돌아 도망치지 말고. 용기를 내서 당장 실행하세요. 잘될 겁니다.

한 남자가 억울한 죄를 뒤집어쓰고 감옥에 갔습니다. 남자는 탈옥을 시도했고, 붙잡혀 독방에 갇혔습니다. 독방에서의 삶은 매일이 전쟁과도 같았습니다. 삶과 죽음의 경계에서 꺼져가는 의지를 붙잡고 남자는 꿈인지 환상인지 모를 것을 보게 됩니다. 끝없이 펼쳐진 모래 언덕에 판사와 배심원들이 앉아 있습니다. 그들을 향해 남자가 걸어갑니다. 판사가 외칩니다. 네 죄를 알겠나. 남자가 분노해 외칩니다. 나는 결백하다, 나는 그 사람을 죽이지 않았다! 뒤집어씌운 것이다!

판사가 말합니다. "그건 사실이다. 하지만 네가 여기 있는 건 그 살인과는 관계가 없다." 남자는 기가 막힙니다. "그럼 뭐냐. 내가 무슨 죄가 있단 말이냐." 판사가 대답합니다. "인간으로서 지을 수 있는 가장 무거운 죄다. 널 고발한다! 인생을 낭비한 죄다!" 남자는 크게 흔들립니다. 그리고 조용히 고백합니다. "그렇다면 유죄가 맞다." 남자는 고개를 처박은 채 뒤를 돌아 터벅터벅 걸어갑니다. 그리고 계속 되뇝니다. "유죄. 유죄. 유죄."

영화 「빠삐용」에서 제가 가장 좋아하는 장면입니다.

삶의 고비마다 우리는 같은 질문을 마주하게 되지요. 그리고 잠시 좌절할지언정 다시 한번 의지를 가다듬습니다. 자유를 향한 타는 목마름으로 끊임없이 노력하고 반복해서 마침내 그것을 쟁취했던 빠삐용처럼, 우리도 무죄라고 대답할 수 있을 때까지 다시 한번.

흑역사라는 말. 이제는 거의 표준어처럼 굳어졌지요. 공적 자리에서도 종종 사용하는 모양입니다. 흑역사라는 단어는 건담 시리즈로부터 유래했습니다. 정확히는 「턴에이 건담」이지요. 「턴에이 건담」을 만든 사람은 건담의 아버지라고 불리는 토미노 요시유키 감독입니다. 토미노 감독의 아버지는 제국주의 일본을 위해 군수품을 생산하는 일을 했습니다. 일본은 패망했고 전쟁은 끝났습니다. 하지만 아버지는 과거에 대해 전혀 반성하지 않았습니다. 그런 아버지에게 토미노는 크게 실망했습니다. 그는 아버지와 싸우고 죽을 때까지 보지 않았습니다. 그래서 「기동전사 건담」을 비롯한 우주세기 건담에는 어른의 바보 같은 전쟁에 휘말린 젊은이를 안타까워하는 장면이 많습니다. 그것이 토미노의 건담입니다. 사실상 건담의 핵심이지요.

하지만 의도치 않게 시리즈가 길어지면서 전쟁 자체를 미화하거나, 장난감을 팔아야 하는 회사의 입장을 지나치게 대변하게 되었습니다. 토미노 감독은 분노했습니다. 직접 기획한 「기동전사 V건담」마저 회사의 압력으로 자유롭게 만들지 못했습니다. 그는 지금도 「기동전사 V건담」을 가장 싫어합니다. 이후 절치부심 끝에 만든 게 「턴에이 건담」입니다. 놀랍게도 극 중에서 과거 건담의 역사를 모두 '흑역사'로 규정해버리지요. 흑역사라는 단어가 그렇게 탄생했습니다.

그런데 「턴에이 건담」의 결론은 의외로 이렇습니다. 흑역사를 아예 없는 셈 치고 지워버리기보다, 우선 있는 그대로 인정하고 극복하고 대화하며 미래를 준비하자는 것입니다. 토미노의 메시지는 밝은 과거와 어두운 과거를 구별하고 그걸 다시 진짜 과거와 가짜 과거로 나누고 싶어 하는 현실의 흔한 유혹 앞에서 유독 빛을 발합니다.

어제의 우리를 미워하거나 미화하기보다, 일어난 일을 일어난 일 그대로 받아들일 수 있는 용기가 우선되어야 더 나은 내일을 도모할 수 있다는 것. 그렇다면 흑역사란 수치와 침묵의 대상이 아닌 미래에 관한 중요한 지도이자 힌트가 아닐까, 생각해보았습니다.

마이클 조던에 관한 다큐멘터리를 보았습니다. 농구화를 신고 NBA 잡지를 구독하고 농구 만화를 읽고 벽에는 조던의 사진을 붙였던 기억. 덩크를 하는 조던의 사진은 스포츠 경기의 장면이라기보다 그리스 신화 속의 영웅 같았습니다.

그러던 중 스코티 피펜에 관한 내용에 눈길이 갔습니다. "나는 득점만 하면 된다. 나머지는 피펜이 알아서 한다." 조던을 포함해 누구나 인정하는 사실입니다. 피펜의 경기 능력은 모든 부문에서 2위를 기록할 만큼 빼어났습니다. 하지만 연봉은 NBA 전체 100위 안에도 들지 못했습니다. 경력 초반 가난한 가족을 건사하려고 불합리한 장기 계약에 사인했기 때문입니다. 묵묵히 궂은 일을 도맡아 하며 천재가 역사를 그리는 동안 말 없는 붓이 되어주었던 피펜은 결국 연봉 정상화 대신 자신을 트레이드하려는 구단의 태도에 폭발하고 맙니다. 돌출 행동이 이어졌고 이후 구단을 옮긴 피펜에게 과거와 같은 영광은 없었습니다. 물론 구단도 그렇고요. 참지 못한 피펜의 잘못일까요, 위대한 팀 플레이어를 호구 취급했던 구단의 잘못일까요.

　확실한 건 현실에서 우리의 노력이 대부분 보답받지 못한다는 사실일 겁니다. 나의 쓸모를 제대로 알아주는 조직은 드뭅니다. 헌신에 고마워하는 파트너도 희귀합니다. 쓸모를 알아주는 조직에 몸담고 있다면, 헌신에 감사하는 파트너와 함께라면 고마워해야 합니다. 분노하지 말고, 실망하지 말고, 때를 기다리며 버팁시다. 여태 운이 없었다면 그 운이 언젠가 나의 쓸모를 알아보고 고마워할 줄 아는 만남으로 돌아오리라. 제가 함께 응원하겠습니다.

뭔가를 강하게 주장하는 걸 넘어서, 어라 저 사람 너무 멀리 가는데? 싶을 정도로 치달아가는 경우를 종종 봅니다. 여러분 주변에 그런 사람이 있다면 조금은 거리를 두고 지켜볼 필요가 있습니다. 정확한 사실관계에 근거해 그렇게 행동하기보다, 자신이 저지른 뭔가를 정당화하려고 그런 모습을 보일 가능성이 높기 때문입니다.

주변에서, TV 속에서, 역사 속에서 그런 사람들을 쉽게 발견합니다. 평소 특정인에게 악플을 써오다가 그가 극단적 선택을 하자 가장 소리 높여 악플러를 규탄한다든가. 학생운동을 하다 현실정치로 전향한 이후 극우주의자도 하지 않는 수준의 강경한 발언을 매일 쏟아낸다든가. 자기는 적군을 피해 일찌감치 도망갔는데, 도망가지 않고 어떻게든 자리를 지키며 살아남았던 사람들에게 적과 내통하거나 적화되었다는 누명을 씌워 수십만 명을 학살한다든가. 전쟁 중 무능했던 임금이 훌륭하게 싸운 장수와 의병들에게 역모의 죄를 묻는다든가 하는 일들이 그렇습니다.

과거의 선택이 부끄럽고 형편없을 때 사람은 반성을 하고 행동을 고치려 노력합니다. 반면 어떤 사람들은 오히려 목소리가 커지고 과격해집니다. 부끄럽고 형편없는 사람이 되는 걸 받아들이지 못하기 때문입니다. 자신의 흠결을 인정하고 싶지 않아서 수많은 이에게 누명을 씌우고 죽음으로 몰아갑니다. 자신의 내적 갈등 때문에 무고한 주변 세계에 치명적인 피해를 입히는 이들을 조심해야 합니다. 나 또한 마찬가지입니다. 무언가에 과몰입하여 지나치게 과격해져 있을지도 모릅니다. 늘 스스로를 살피고 다스려야 하겠습니다.

매년 크리스마스가 되면 챙겨보는 영화가 있습니다. 프랭크 캐프라 감독의 「멋진 인생」입니다. 작은 마을을 배경으로 건물과 집을 모두 사들여 월세 장사를 하는 악덕 건물주가 등장합니다. 그런 건물주에 대항해서 주민들이 자기 집을 가질 수 있도록 돕는 건축업자가 주인공입니다. 제임스 스튜어트가 연기하는 주인공은 정말 멋진 사람입니다. 하지만 목표가 너무 높았지요. 평생에 걸친 노력에도 주인공의 뜻은 쉽게 빛을 보지 못합니다. 결국 난관에 부딪히고 그는 무너집니다. 늘 떠나고 싶었던 마을에 평생 갇혀서 남을 위해서만 살았던 삶이기에 분노하고 절망합니다.

그는 결국 스스로 목숨을 끊으려 합니다. 그때 천사가 나타나요. 그리고 주인공이 애초에 태어나지 않았다면 이 마을이 어땠을지 보여줍니다. 그제야 그는 자신이 했던 정말 사소한 선행들이 많은 이의 삶을 구했고, 자신 또한 남을 위해서만 살았던 게 아니라 충분히 행복했다는 걸 깨닫습니다. 단지 모든 걸 너무 당연하게 생각하고 있었기 때문에 그게 애초 당연한 게 아니라는

235

걸 몰랐던 거지요. 그는 다시 삶을 살아가기로 결심하고, 뜻밖의 일이 벌어지면서 영화는 행복한 결말을 맞습니다.

가장 힘들고 어려운 순간에 직면했을 때 내게 당연한 것들을 당연하지 않게 받아들이는 마음이야말로 가장 강력한 무기가 될 수 있다는 것. 「멋진 인생」은 이 사실을 늘 일깨워줍니다. 그래서 저는 이 영화가 참 좋습니다.

어렸을 때는 일본의 원작을 무단으로 불법복제한 5백 원짜리 만화책이 참 인기였습니다. 서점이 아니라 문방구에서 살 수 있었습니다. 아무튼, 파는 건 다 읽었던 것 같아요. 책가방 안에 보물단지를 넣고 다니는 기분이었습니다. 세월이 흘렀고, 이제는 정식으로 발매된 그때 만화책들을 전부 다 사서 가지고 있습니다. 다시 꺼내 읽어보면 어렸을 때의 인상보다 커 보이는 것도 있고 작아 보이는 것도 있습니다. 미처 몰랐던 것들이 새롭게 보이는 것 있고, 굉장했던 것 같은데 이제 와선 별것 아닌 게 되어버린 것도 있습니다.

세상을 살다 보면 크고 거대한 문제를 만날 때가 있습니다. 그걸 앞에 두고 과몰입하거나 압도되는 경험을 하기도 합니다. 하지만 시간이 흐르고 조금 다른 시야가 생겼을 때는 그게 사실 그리 크고 위중한 일이 아니었다는 걸 깨닫습니다. 거기 그렇게까지 휘둘릴 만한 게 아니었다는 실감 또한 자주 합니다. 가깝게는 인간관계부터 그래서 너는 누구 편이냐는 질문에 이르기까지 말입니다.

지금 여러분이 맞닥뜨린 크고 심란한 문제도 사실 본질을 따지고 보면 그리 대단한 일이 아닐지 모릅니다. 여러분이 소음 앞에 무너지지 않기를. 휘둘리거나 잡아먹히지 말기를. 조용하고 강인한 평정 안에서 무엇보다 자유로운 사람이기를 바랍니다.

얼마 전 사인회를 하는데 누군가 이런 질문을 했습니다. 이미 죽은 사람도 좋고 살아 있는 사람도 좋으니, 삶의 등대 역할을 해줄 어른을 찾아 영감을 얻으라는 내용을 당신의 책에서 읽었는데, 그런 사람을 찾으려고 노력해봤지만 단점이 없는 이를 찾을 수 없었다는 내용이었습니다.

저는 뉴턴 이야기를 해주었습니다. 인류의 역사는 뉴턴 이전과 이후로 나뉜다. 그가 이룩한 고전역학은 모든 걸 바꾸었다. 뉴턴이 태어나기 전까지 인류가 발견한 과학적 진실과 뉴턴 사후 발견한 새로운 사실들을 모두 합쳐도, 뉴턴이 살아 있는 동안 바꾸어놓은 일대 변혁과는 견줄 수 없다. 한마디로 뉴턴은 인류사의 거인이다. 하지만 뉴턴은 연금술로 황금을 만들어낼 수 있다고 믿었다. 그뿐 아니라 자산 대부분을 주식에 투자했다가 전 재산을 잃었다. 그래놓고 "천체의 움직임은 계산할 수 있어도, 사람의 광기는 도저히 측정할 수가 없다"는 말을 남겼다.

그렇다면 뉴턴이 연금술에 심취했고 투자에 실패했

다는 사실이 그가 발견한 만유인력의 법칙을 거짓으로 만드는가. 뉴턴이 주식에 과몰입해 전 재산을 탕진하고 화학으로 황금을 만들겠다고 골몰하는 동안에도, 사과는 여전히 나무에서 수직으로 떨어진다.

흠결이 없는 삶이란 존재할 수 없다. 뭔가를 배울 수 있는 사람을 찾으라는 건 점심 메뉴를 결정하고 배우자를 물색하듯 판단하고 평가하라는 게 아니라, 그의 성공과 실패에서 빼먹을 수 있는 아이디어를 전부 다 빼먹으라는 이야기다. 그런 대답이었습니다. 비슷한 질문을 품고 있을 청년들을 위해 나누어보았습니다.

간밤에 어느 고등학교 3학년 학생에게 쪽지를 받았습니다. 평소 존경한다며 제 몸에 새긴 문신의 문구를 자신도 그대로 하고 싶어 허락을 구한다는 내용이었습니다. 문신은 충분히 생각해보고 10년 뒤에도 마음이 그대로면 그때 하라고 대답해주었습니다.

그렇게 자고 일어났더니 답장이 와 있더군요. 어딘가 실망한 기색이 역력했습니다. 그거 굉장히 좋은 의미의 문구가 아니냐고 다시 물어왔어요. 학생에게 실망을 주었다는 생각을 하니 마음이 좋지 않았습니다.

청소년과 청년은 시대를 막론해 늘 불행하고 힘에 겨운 것 같습니다. 아마도 어른들 자신이 그렇게 되고 싶었으나 끝내 될 수 없었던 더 나은 모습의 나를, 청소년과 청년에게 끊임없이 기대하고 요구하기 때문일 겁니다. 거기 휘둘리고 싶지 않은 청년의 마음도, 그걸 기대할 수밖에 없는 어른의 마음도 저는 탓하고 싶지 않습니다. 다만 둘 다 알 것 같다 보니 뭔가 답변을 해준다는 게 갈수록 어려운 건 사실입니다.

241 하늘 아래 아주 선명한 진실과 거짓만이, 정답과 오

답만이 존재한다면 대답이 어렵지 않을 텐데요. 안타깝게도 세상이 결코 그렇지 않다는 걸 하루하루 배워갑니다. 이대로라면 죽을 때 몸뚱이가 회색일 거 같아요.

"세상의 좋은 말을 모두 몸 위에 담으려다가는 몸뚱이가 남아나지 않을 겁니다. 조급해하지 말고 천천히 생각하세요. 단지 듣기에 좋은 말인지, 아니면 내게 정말 필요한 말인지. 그걸 문신으로 새길 필요까지 있을지 가늠하고 검증하는 동안 말은 어디로 도망가지 않습니다." 학생에게는 그렇게 대답해주었습니다. 부디 나보다 더 나은 눈과 귀를 가진 사람이 되어 우리 공동체에 소금이 되길.

어느 청년이 보내준 이야기입니다. 폭력적인 아버지로부터 오랫동안 학대받다가 25년 만에 동생과 엄마를 데리고 탈출했습니다. 동생은 철이 좀 없고 엄마는 은퇴를 했습니다. 삶이 쉽게 풀리지는 않는 상황입니다. 이 청년은 힘들 때마다 언젠가 부자가 될 손금이라고 말했던 역술인의 말을 떠올립니다. 그리고 위안을 얻는다고 합니다.

저는 어린 나이에 이런 종류의 결정을 하고 실행해나가는 사람의 미래가 어둡고 외로울 리 없다고 확신합니다. 그리고, 언젠가 부자가 될 손금이라는 예언도 마음에 들었습니다. 누군가는 근거 없다고 비웃을지 모릅니다. 하지만 가장 외롭고 힘들 때는 그런 종류의 근거 없는 예언도 놀라운 힘을 발휘하기 마련입니다. 절박해보지 않은 사람만이 손가락질할 거라 생각합니다.

여러분에게도 부자가 될 손금과 같이 가장 고될 때마다 꺼내어 만지작거릴 수 있는 위안거리가 있나요. 없으면 지금이라도 한번 찾아보시지요. 우리 모두 때로는 위로가 필요합니다.

퇴근하는 저를 경비 아저씨가 붙들었습니다. 그리고 일을 그만두려 하신다고 말씀하셨습니다. 분쟁이 있는 주민 사이에 끼어서 몇 년 동안 고통을 받았는데, 이제는 더 이상 못 견딜 것 같다고요. 주민들에게는 말없이 그만두려 했지만, 그간 고마워서 인사나 하고 가려 한다며 웃으시는데 마음이 정말 좋지 않았습니다. 결국 다음 날부터 출근을 안 하셨습니다. 벌써 작년 일이네요. 인간관계에 조금은 서툰 분이었습니다. 그래서 더 마음이 갔습니다. 잘 지내시는지 모르겠습니다. 늘 복되고 건강하시길.

갑질이나 폭력이라는 게 자신과는 무관하다고 생각하는 사람들이 참 많은 것 같습니다. 아마 뉴스에 나오는 사람들은 나쁜 사람들이고, 자신은 억울한 일을 호소하고 있는 착한 사람이니, 내가 하는 폭언과 뉴스 속의 폭언 사이에는 질적 차이가 있다고 믿기 때문일 겁니다. 차이가 없습니다.

당신의 억울함은 당신이 행사하는 폭력을 정당화해주지 않습니다. 왜 당사자들끼리 해결해야 할 일을 스스로 감당하지 못하고, 육체노동만으로도 이미 충분히 힘든 이에게 버거운 감정노동까지 강제하는지 알 수 없습니다.

혹시 나는 그간 내가 억울하다는 이유로 타인에게 무례하지 않았는지, 내가 감당하고 해결해야 할 일을 다른 사람에게 떠넘기고 그걸 권리라고 생각한 적은 없었는지. 겸허히 돌아보게 됩니다.

달아오른 철판 위에 가득한 떡볶이를 연두색 그릇 위에 담아내고. 그릇을 감싼 비닐 끝을 잡아 돌려 검은색 봉지 안에 조심스레 집어넣습니다. 꼬깃꼬깃한 지폐를 드리고 잔돈과 봉지를 건네받아 집으로 돌아가는 길은 열 살 때도 사춘기 때도 퇴근길에도 언제나 마음이 따뜻했습니다. 기분 좋게 묵직한 봉지를 들고 걷다 손바닥으로 아래를 받쳐 주무르면 파묻힌 손가락 사이 떡의 촉감에 배가 더욱 고파오고. 발걸음이 조금 더 빨라질까 묵직한 봉지를 빙글빙글 허공에 돌려 집으로 뛰어갑니다.

그릇에 담아내는 시간도 아까워 봉지에 들어 있는 그대로 두고 젓가락으로 헤집다가 한입 가득 베어 물면. 친구와 싸운 일도 고백할까 말까 망설이던 얼굴도 별 이유도 없이 화를 내는 상사 목소리도 함께 삼켜 꿀꺽 이겨낼 수 있었습니다.

나는 뭐 내가 대단해서 잘 견딘 줄 알았지. 떡볶이가 있어서 참 다행입니다.

야근을 끝내고 이제 막 떠나려는 막차에 올라타 꾸벅꾸벅 졸다 퍼뜩 정신이 들어 뛰어내리면. 인적이 끊긴 역 안의 차가운 공기에 어깨가 좁아지고 계단 하나 밟아 오를 때마다 조금씩 더 추워집니다.

마침내 계단을 다 밟고 나면 언제 집까지 걸어가서 씻고 잘지 눈앞이 캄캄한데. 그럴 때마다 검고 추운 귀갓길 한가운데 등대처럼 솟아올라 취객과 귀가하는 이들의 반쯤 돌아간 입을 비춰주던 24시간 분식 만둣집.

김치만두랑 갈비만두 주세요, 라는 마법의 주문과 함께 아주머니가 찜기 뚜껑을 들어 올리면. 정말 마법이라도 되는 양 구름이 피어오르더니 두 손안에 만두 두 상자가 쥐어지고. 녹여 먹겠다는 심산으로 하나를 입에 넣고 걷다가 금세 사라져 혀끝으로 어금니를 쓸어 올려봤자. 여섯 번째 만두가 목구멍을 지나갈 때 즈음이면 어김없이 집에 도착하고는 했습니다.

세월이 흘러 비싸다는 것도 귀하다는 것도 먹어보았지만 궁지에 몰릴 때마다 결국 떠오르는 건 그때 그 만두 두 상자. 느긋하게 만두 한 접시 먹어야겠습니다.

247

몇 년 전 일입니다. 즉석밥이 떨어져서 인터넷에 접속했습니다. 이 가격에 안 사면 똥멍청이라는 식으로 딜을 거는 최저가가 있길래 들어갔습니다. 오래전에 가입해놓고 한두 번 썼던 쇼핑몰이었습니다. 두 박스 주문했습니다. 그런데 아무리 기다려도 오지를 않는 겁니다. 문의를 했더니 이미 허지웅 님에게 배달이 되었다고 하더군요.

누가 집어간 건가, 주소를 잘못 썼나 살펴보다 이상한 걸 발견했습니다. 내가 사는 주소가 아닌데 주소록에 등록이 되어 있고, 그 주소로 즉석밥이 갔던 겁니다. 바야흐로 4차산업혁명 시대 내 이런 날이 올 줄 알았다 세상에 쌀을 훔쳐가는 해커가 어디 있냐 반드시 잡고야 말리라. 그렇게 다짐하고 일단 비번을 바꾸려고 내 정보 페이지에 들어갔습니다.

그랬다가 이전 주문 내역을 보았습니다. 애초 이 쇼핑몰에 무얼 사려고 가입했던 건지 기억이 났습니다. 십수 년 전에 여자친구가 뭔가를 사달라고 부탁했고, 그걸 생색을 내려고 굳이 받는 사람에 제 이름을 써서 여자친구 집으로 보냈던 아름답고 이타적인 추억이었습니다.

주소록에는 마지막으로 주문했던 주소가 남아 있었고, 그래서 제게 배송이 되지 않았던 겁니다. 제가 주문한 업계최저가 쇼킹할인 현미즉석밥 스물네 개들이 받는 사람 허지웅 두 박스는 십수 년 전에 서로 내일이 없는 것처럼 사랑했던 여자친구의 부모님이 받았습니다.

이 사연을 당시 SNS에 올렸더니 즉석밥 제조사에서 즉석밥으로 가득한 박스 두 개를 보내주었습니다. 그러거나 말거나 저는 한동안 즉석밥만 보면 가슴이 두근거려 먹지를 못했습니다. 혹시 인생에 다시 없을 창피를 당했다며 괴로움에 빠져 있는 분이 계신가요. 지금의 창피 따위는 잊게 만들 세계관 최강의 창피가 언젠가 반드시 찾아옵니다. 훌훌 털고 즐겁게 사세요.

"제일 좋은 시절이면서 가장 나쁜 시절이고, 지혜로운 시대면서 어리석은 시대고, 믿음의 세월이면서 불신의 세월이고, 빛이 넘치는 계절이면서 어둠의 계절이고, 희망의 봄이면서, 절망의 겨울이었다."

소설 『두 도시 이야기』의 첫 문장입니다. 프랑스 혁명을 배경으로 한 찰스 디킨스의 고전이 지금 시대를 살아가는 소시민의 마음과 별반 다르지 않은 걸 보면, 사람이 체감하는 불행과 희망의 무게에는 저마다 다른 중력이 작용하는 것 같습니다. 우리가 살아가는 세상이 단연코 프랑스 혁명 시기에 비견할 만큼 혼란하지는 않을 겁니다. 그 시대 사람이 보기에는 태평성대이겠지요. 하지만 가장 불행한 사람이 내쉰 한숨의 무게에는 생각만큼의 차이가 없을 거라는 걸 알고 있습니다.

혼란스러운 시대를 이기기 위해 사람들은 지혜를 갈구합니다. 그런 과정에서 누군가를 깎아내리기도 하고 또한 추앙하기도 합니다. 저는 말을 어렵고 복잡하게 하는 사람은 사기꾼이라는 이야기만큼 세상을 망치는 나쁜 거짓말은 없다고 생각합니다. 오히려 제 삶에서

250

말을 명쾌하고 간단하게만 하려는 사람은 대개 선동가요 사기꾼이었습니다. 그런 사람에게서는 지혜를 찾을 수 없습니다. 오직 증오와 편가르기만을 전염시킬 뿐입니다.

사실이란 늘 한결같이 복잡하고 맥락이 있으며 두텁습니다. 그걸 규명하려는 사람의 노력을 사기꾼으로 치부하는 저 이야기는 참 나쁜 말입니다. 제일 좋은 시절이면서 가장 나쁜 시절에 불행을 누르고 평정을 되찾기 위해선, 눈앞에 직면한 사실을 겸허하게 받아들이고 그 복잡함을 이해하기 위해 노력해야만 합니다. 명쾌하지도 단순하지도 않은 풍경 안에서 진실을 찾기 위해 분투하는 청년들을 응원합니다. 지금 당신이 머물러 있는 그곳이 진리라는 오만함만 경계할 수 있다면 여러분의 여정은 끝내 가장 밝고 지혜로운 길로 흘러가리라 확신합니다. 그리고 당신의 그 밝은 자취를 좇아 당신보다 어린 청년들이 따르겠지요. 희망의 봄이면서 절망의 겨울이었던 인류의 과거는 늘 그렇게 극복되어 왔습니다. 앞으로도 그럴 겁니다.

「쇼생크 탈출」에서「그린 마일」「미저
리」「캐리」, 그리고「미스트」에 이르기까지. 이 모든 걸
작을 단 한 사람이 썼다는 사실을 상기할 때마다 소름
이 돋고는 합니다. 하지만 그보다 더 깊고 강한 떨림은
그가 얼마나 좋은 소설을 써왔는가보다 그가 얼마나 오
랫동안 꾸준히 써왔는가로부터 온다고 생각합니다. 그
를 떠올리면 무언가를 꾸준히 평생에 걸쳐 포기하지 않
고 매달려 버틴다는 게 그 자체로 얼마나 숭고하고 훌
륭한 업적인지 생각하게 됩니다. 그래서 스티븐 킹의
소설을 읽을 때면 읽는 즐거움만큼이나 시간과 끈기에
서 오는 감동 또한 느끼게 됩니다. 단지 스티븐 킹에게
만 허락된 찬사가 아닐 겁니다. 지금 이 순간, 포기하지
않고 자신의 일에 매진하고 있는 모든 이를 떠올리며
박수를 치고 싶습니다. 아무도 몰라준다고 생각하고 있
겠지만, 당신은 누군가에게 영감을 주는 존재입니다.

오메가 미사일 기억하시나요 「메칸더 브이」에서 악당들이 사용했던 미사일 이름입니다. 메칸더 브이가 적을 만나 기동하면 그 즉시 지구 궤도에서 발사되어 5분 안에 피격됩니다. 즉, 매회 5분 안에 눈앞의 적을 섬멸하고 메칸더 브이의 시동을 꺼야 오메가 미사일을 피할 수 있습니다. 울트라맨의 초능력은 지구에서 3분 동안만 쓸 수 있고, 에반게리온은 배터리 케이블이 뽑히는 순간부터 5분 동안만 기동이 가능합니다. 「우뢰매」에서 심형래는 텀블링을 해서 에스퍼맨이 되는데 누가 지켜보고 있으면 변신을 못합니다. 그럴 때는 시간 없어 죽겠는데 사람 없는 곳을 찾아 다시 뛰어다녀야 합니다. 이런 설정들은 이야기 속 주인공에게 제약과 고난을 주는 방식으로 극에 긴장을 주고, 나아가 주인공이 영웅으로 거듭날 수 있는 동기를 제공합니다.

우리 모두가 나만의 오메가 미사일을 짊어지고 살아갑니다. 가끔씩은 정말 오직 나만을 겨냥해 날아오는 고난처럼 느껴져 외롭고 괴롭습니다. 그럴 때는 우선 메칸더 브이의 원자로가 오메가 미사일의 표적이 되듯

혹시 내 안의 어떤 태도가 위기를 끌어들이지는 않았는지 겸허하게 따져봅시다. 나아가 메칸더 브이가 적을 끌어안고 있다가 오메가 미사일 피격 직전에 탈출해서 역경을 극복하듯, 주저앉아 괴로워하기보다 반드시 해결하겠다는 의지로 버티어봅시다.

잘 안 되면 이번 미사일은 그냥 맞아서 맷집 기르면 됩니다. 다음번 미사일이 또 있으니까요. 저는 매번 맷집만 기르고 있습니다만, 여러분은 저보다 훨씬 더 잘할 수 있으리라 생각합니다.

30대 즈음에는 그런 생각을 자주 했습니다. 지금의 나라면 과거에 바보같이 그렇게 하지 않았을 텐데. 40대 중반이 되니 이제는 이런 생각을 더 자주 하게 됩니다. 이전의 나라면 지금 그렇게 바보같이 하지 않을 텐데. 30대에는 과거의 나를 바보같이 여기는 일이 많았고 40대에는 과거의 나에게 패배하는 일이 갈수록 잦아집니다. 50대가 되고 60대가 되면 또 어떨까요. 30대의 나와 40대의 나 모두를 감싸 안아 사랑할 수 있는 사람이라면 좋겠습니다.

어렸을 때 일입니다. 어머니는 제게 장보는 심부름을 자주 시켰습니다. 계산하는 방법을 훈련시키려는 목적이었을 겁니다. 슈퍼는 코앞에 있었습니다. 아파트를 벗어나면 상가가 있고 상가의 지하에 큰 슈퍼가 있습니다. 5천 원짜리 지폐를 받아들었습니다. 한 번 접고, 다시 한 번 접으니 작은 사각형이 되었습니다. 저는 그걸 바지 뒷주머니에 집어넣고 집을 나섰습니다.

계산을 하기 위해 지폐를 꺼내던 순간이 기억납니다. 주머니에는 돈이 없었습니다. 아마 그때까지 인생에 있어 최대의 위기였을 겁니다. 이 돈이 없으면 집에서 쫓겨나거나 최소한 크게 혼이 날 거라고 생각했습니다. 집에서 슈퍼까지 가는 길을 되짚어 바닥에 돈이 있지 않나 찾아보았습니다. 그렇게 몇 번을 되돌아갔는지 모르겠습니다. 날은 어두워지고 가로등이 켜졌지만 지폐는 여전히 보이지 않았습니다. 결국 어머니가 찾으러 나왔어요. 어머니를 발견한 순간 저는 울음을 터뜨렸습니다. 이후의 다른 건 기억에 없습니다. 하지만 잃어버린 지폐를 찾고 있었다는 말을 듣고 괜찮다고 대답하는 어머니의 음성만은 여태 제 마음속에 남아 있습니다.

　무언가를 영영 잃어버려 찾아 헤매고 있는 분들이 계시나요. 어떻게 하면 그걸 잃지 않을 수 있었을까 시간을 되돌려 상상하며 잠을 이루지 못하고 있는 분이 계시나요. 그렇다면, 괜찮다고 말씀드리고 싶습니다. 지금 이 순간, 우리에게 중요한 건 이미 잃어버려 사라진 것이 아니라 마음을 수습하고 다음을 준비하는 일입니다.

끊임없이 생각하고 고민하며 경험을 재료로 나만의 답을 찾는 것. 그리고 그 답을 타인에게 강요하지 않고 겸허한 마음으로 나의 쓸모를 찾는 것. 중요한 건 경험 그 자체가 아니라 그 이후의 태도에 달려 있다. 그런 생각을 해보았습니다.

주저앉았을 때는
생각을 합니다

청년 때의 마음과 세월이 흐른 뒤의 마음. 한결같은 분 계시나요. 어리석은 질문인지도 모르겠습니다. 한결같은 게 있고 그렇지 않은 게 있겠지요. 생각이라는 건 삶이라는 검증을 거쳐 폐기되거나 살아남으니까요.

저 또한 살면서 역시 내 생각이 틀리지 않았다고 여러 번 확인하게 되는 것들이 있는 반면, 그때는 왜 그렇게 확신했을까 후회하는 것들이 있습니다. 그럼에도 살면서 여러 번의 검증을 거쳐 변함없이 확실하다 느끼는 것들이 있을 텐데요.

제게는 그런 것들 가운데 하나가 진실을 찾는 사람에게 귀를 기울이되, 진실을 찾았다고 주장하는 사람을 경계하라는 겁니다. 전자는 세상을 보다 밝고 단단하게 만들지만, 후자는 세상을 그저 어지럽히고 망가트립니다. 그리고 그렇게 어지럽고 망가진 세상에서 우상이 되어 돈을 법니다. 이 생각은 적어도 아직까지 단 한 번도 어긋난 적이 없었던 것 같습니다. 궁금하네요. 여러분의 한결같은 생각에는 어떤 것들이 있나요.

스티븐 스필버그 감독의 영화 중에 무얼 가장 좋아하시나요. 저는 그 가운데 「미지와의 조우」를 특히 좋아합니다. 스필버그 영화 같지 않게 정적이면서, 역시 스필버그 영화답게 대단히 크고 거대한, 더불어 희망찬 이야기를 하고 있기 때문입니다.

「미지와의 조우」에는 세 가지 버전이 있는데요. 처음 개봉했던 극장판이 있고, 제작사 요구로 만들어진 스페셜 에디션이 있으며, 마지막으로 감독이 직접 편집한 감독판이 있습니다. 흔히 감독판이라면 잘려나간 장면을 전부 가져다 모아뒀을 것 같지만, 의외로 「미지와의 조우」의 감독판에는 스페셜 에디션에 있었던 장면 하나가 빠져 있습니다.

바로 영화 말미에 외계 우주선의 내부를 보여주는 장면입니다. 제작사가 강력하게 요구해서 만들어졌다는 이 장면을, 스필버그는 마음에 들어 하지 않았습니다. 우주선 내부가 어떻게 생겼는지는 철저하게 관객의 몫으로 돌려야 한다는 생각 때문이었습니다. 결국 감독판에서 이 장면은 빠졌습니다. 그리고 저는 감독판의 엔

딩을 훨씬 더 좋아합니다. 훨씬 지적이고 감동적이며 내가 미처 보지 못한 것들을 상상하여 벅차오르게 만듭니다.

확실히 세상에는 드러내 보이지 않았을 때 훨씬 더 좋은 것들이 있습니다. 우리 삶도 마찬가지지요. 보이는 것이 늘 진실을 드러내는 건 아닙니다. 오히려 보이는 것 때문에 진실을 제대로 바라볼 수 없을 때도 많지요. 우리 주위에 보이지 않기 때문에 더 많은 걸 사유할 수 있게 해주는 것들을 돌아보는 것도 좋겠습니다.

특수부대 체험을 하는 콘텐츠가 인기를 끌었습니다. 저도 챙겨보았습니다. 그러다 퍼뜩 정신을 차려보니 영상을 보지 않고 다른 생각을 하고 있더라고요. 육체의 한계를 극복하는 경험으로 더 나은 사람이 될 수 있느냐에 관한 문제였습니다. 한계를 극복하는 경험은 그게 육체에 관련된 것이든 정신에 관련된 것이든 훌륭한 경험이라고 생각합니다. 내가 할 수 없다고 여겼던 것들이 단지 관념일 뿐 사실은 그렇지 않았다는 걸 깨닫는 순간, 흐릿했던 것들이 또렷해지고 나를 둘러싼 세계가 조금씩 확장되는 기분이 듭니다.

하지만 한편으로는 의문이 듭니다. 우리 주변에는 그런 가혹한 경험을 토대로 성숙한 삶을 꾸려나가는 사람도 있지만, 스스로 증명해냈다는 승리의 경험에 심취하여 자신이 남보다 더 낫다고 생각하며 내 세계를 제외한 다른 세계의 무게는 하찮게 여기는 오만한 이들 또한 많기 때문입니다. 나는 할 수 있다는 자신감에 그치지 않고, 너는 할 수 없다는 이상한 결론에 이른 것이지요.

왜 같은 경험을 하고도 누군가는 귀감이 되고 또 다른 누군가는 오만한 인간이 될까요. 그건 아마도 이러한 극복의 경험이 더 나은 인간으로 거듭날 수 있는 훌륭한 재료일 뿐, 경험 그 자체만으로 이루거나 증명할 수 있는 건 아무것도 없기 때문이 아닐까 싶습니다.

사유가 더해지지 않은 극복의 경험은 그저 고생일 뿐입니다. 조금 더 정확하게 말하자면 괜한 고생이겠지요. 끊임없이 생각하고 고민하며 경험을 재료로 나만의 답을 찾는 것. 그리고 그 답을 타인에게 강요하지 않고 겸허한 마음으로 나의 쓸모를 찾는 것. 중요한 건 경험 그 자체가 아니라 그 이후의 태도에 달려 있다. 그런 생각을 해보았습니다.

저는 저를 불편하게 만드는 이야기들을 좋아합니다. 물론 잘 만든 이야기에 한해서입니다. 불편하지 않은 이야기는 제게 별 필요가 없습니다. 제가 이미 알고 있거나 오래전에 동의한 화두를 구태여 다시 확인하는 것, 이미 상식이 되어 쌀로 밥 짓는 이야기에 불과한 것들에 시간을 들일 필요가 없기 때문입니다.

어떤 이야기가 불편하다며 싫어하는 사람들을 봅니다. 그들은 이야기의 화자가 바로 그 불편한 광경과 설정에 동의하고 있다고 생각하고 있는 것 같습니다.

하지만 윌리엄 골딩은 소년들 사이의 살육에 동의해서 『파리대왕』을 쓴 게 아니고, 조지 오웰은 전체주의 정부에 의해 지배당하고 싶은 욕구 때문에 『1984』를 쓴 게 아니며, 블라디미르 나보코프는 미성년자와의 사랑을 널리 권하기 위해 『롤리타』를 쓴 게 아닙니다.

세상은 결코 선한 것과 악한 것 혹은 옳은 것과 그른 것으로 명쾌하게 나누어지지 않습니다. 그 사이에는 반드시 회색지대가 존재하며, 입장과 관점에 따라 판단이 완전히 달라지는 경우도 허다합니다.

　때로 불경하고 비윤리적으로 보이는 회색지대를 바라보는 일은 불편하고 고통스럽습니다. 하지만 세상을 바꾸는 대안과 영혼을 살찌우는 양식이, 언제나 저 불편한 회색지대 안에서 나왔다는 사실을 우리는 결코 잊어선 안 됩니다. 회색지대를 정면으로 마주하고 고민할 때, 비로소 우리는 진짜 위기에 대비할 수 있습니다.

셰익스피어의 『맥베스의 비극』 읽어보셨나요. 워낙 다양하게 변형되고 변주되어 온 고전이라 원작을 읽어보지 않았더라도 다른 형태로 만나보았을 수 있습니다. 이야기 속에서 맥베스는 마녀들에게 왕이 될 거라는 예언을 듣고 난 이후 갑자기 야망을 품게 되지요. 읽을 때마다 그런 생각이 들어요. 마녀들의 예언을 듣지 않았더라도 맥베스의 삶이 그리 죽음과 비극으로 얼룩졌을까요. 물론 마녀들의 예언은 결국 모두 들어맞았습니다. 하지만 애초 예언을 듣지 않았다면 어땠을까요. 이를 전해 들은 부인이 맥베스를 부추기지도 않았을 것이고, 맥베스 또한 부인의 말을 들어 왕을 암살하지도 않았을 겁니다. 그렇다면 이후에 뒤따르는 모든 비극 또한 벌어지지 않았겠지요.

저는 결정론적인 세계관을 막무가내로 부정하는 쪽은 아닙니다. 운과 미래를 알아보고 시험하는 일은 재미있습니다. 하지만 자신의 운명을 미리 아는 일에 과몰입하고 거기 자기 삶을 끼워 맞추기 시작하면, 스스로와 주변의 삶을 완전히 망쳐버리고 만다는 것 또한 잘 알고 있습니다.

　미리 안다고 해서 달라질 게 없다는 말은 정확하지 않지요. 미리 알려다 망치고 허문다는 말이 더 정확할 겁니다. 앞날을 점치는 일에 과몰입하여 지금 이 순간에 냉담한 사람들이 부쩍 자주 보이는 요즘입니다. 종종 걱정이 됩니다.

이곳은 지구 2. 한때 사람들은 지구가 둥글다고 생각했습니다. 아직 기술이 발달하지 못해 지구의 모양을 직접 관찰할 수는 없었습니다만, 먼바다에서 항구로 돌아오는 배들은 늘 돛대부터 보였으니까요.

그런데 지구가 네모라고 주장하는 집단이 나타났습니다. 지구의 모양을 두고 다투는 두 집단은 결국 전쟁을 벌였고 많은 희생이 뒤따랐습니다. 시간이 흘러 사람들은 과거의 전쟁에 대해 반성하며, 더 이상 지구의 모양에 관해 언급하지 않기로 했습니다.

물론 대다수 사람들은 여전히 지구가 둥글다고 생각했습니다. 하지만 그게 네모라고 생각하는 사람에 반대하는 건 정치적으로 올바르지 않은 일이라고 여겨 입밖에 꺼내지 않았습니다.

가끔 다투기도 했습니다. 무조건 모양을 논하지 않는게 능사가 아니라 각 상황의 의도와 맥락을 고려해 판단해야 한다는 사람도 있었습니다. 하지만 상대를 네모쟁이라고 부르는, 결코 입에 담아서는 안 될 금지어를 사용하며 욕설과 배제를 쏟아내는 이들의 목소리가 더 컸습니다. 결국 지구의 모양이 둥글다고 논하는 자는 모두 차별주의자라는 낙인이 찍히고 말았습니다.

시간이 더 흘러 지구 2는 자원 고갈로 우주개발의 필요성이 대두되었습니다. 그렇게 드디어 첫 번째 탐사선이 지구 밖으로 나가게 되었습니다. 대기권을 벗어난 우주비행사는 지구가 둥글다는 걸 눈으로 확인했습니다. 그러나 지구로 돌아온 우주비행사는 지구의 모양이 어땠냐는 기자의 질문에 결코 대답할 수 없었습니다. 논란이 일었습니다. 사람들은 불편해졌습니다. 우주개발은 정치적으로 올바르지 않은 것이 되었습니다. 이제 우주개발을 논하는 자는 차별주의자입니다. 지구2는 곧 멸망할 예정이고, 사람들은 여전히 지구의 모양에 관해 논하지 않는답니다.

몇 달만인지 모르겠습니다. 어제는 모처럼 산책을 했습니다. 마스크를 쓰고 이어폰을 끼고, 손에는 책 한 권을 들고 집을 나섰습니다.

집에서 길 반대편으로 가파른 계단을 걸어 올라가면 우사단길이 나옵니다. 작은 시장으로부터 이슬람사원으로 이어지는 그 길을 저는 참 좋아합니다. 서로 다른 곳에서 온 것들과 오래된 것들이 복잡하게 어우러진 길을 걷다 보면, 혼돈은 아직 정의되지 않은 질서라는 말이 떠오를 만큼 혼잡스러움 속에서 묘한 규칙과 박자감을 발견할 수 있습니다.

동류의 것들이 자로 잰 듯이 정돈되어 배치되고 나열되는 것. 그리고 완전히 반대되는 것처럼 보이는 것들이 서로를 배제하거나 경계하지 않고 부잡스레 섞여 있는 것. 본연의 자연스러움이란 후자가 아닐까, 하는 생각을 했습니다.

그런 잡다한 생각을 하며 오랜만에 만끽하는 거리의 풍광에 감탄하다가 그렇게 혼자 걷는 게 지긋지긋해져서 집으로 돌아왔습니다. 언젠가부터 주변의 풍경에서

자연스러운 것들을 찾아보기 어렵게 되었습니다. 그 모
든 소음과 복잡한 어우러짐이 가끔 벅차게 그리워질 때
가 있습니다. 자연스러운 것들이 그립습니다.

사는 데 이유는 필요하지 않습니다. 이
유가 있어야 살 수 있는 거라면 그건 삶이 아니
라 치사한 계약 같은 것일 겁니다.

주저앉았을 때는 생각을 합니다

겨울에 앙상해진 나무를 가만히 보고
있으면 저 나무가 지난여름 그리도 많은 꽃을
품었고, 가을에는 눈부시게 푸르고 웅장했다
는 걸 언뜻 믿기 어렵습니다. 또한 언젠가 다시
그렇게 되리라는 걸 우리는 알고 있습니다. 저
놀라운 회복력이 단지 나무에만 허락된 건 아
닐 겁니다.

미국 아카데미상을 주관하는 미국 영화예술과학아카데미가 작품상 수상 자격에 다양성 기준을 추가하기로 했습니다. 이 기준에 따르면 인종, 성별, 성적 취향 등 다양성을 고려해 영화를 제작해야 작품상 수상 자격이 주어집니다.

지난 시상식에서 봉준호 감독의 「기생충」이 놀라운 성과를 거둔 바 있지요. 그래서 이를 소위 '기생충 효과'라며 연관 지어 해석하는 기사도 많아 보입니다. 그런데 이게 바른 접근인지는 잘 모르겠습니다. 그렇게 따지면 흡사 「기생충」의 수상이 작품 본연의 함량이 아닌 다양성을 고려한 배려와 구색의 차원에서 이루어진 것이라는 분석 또한 가능해지기 때문입니다. 저는 그렇게 생각하지 않습니다.

그간 아카데미 시상식은 백인 시니어들의 닫힌 잔치라는 조롱을 들을 만큼 그들만의 축제였습니다. 이를 해결하려는 노력이 이루어지고 있다는 건 환영할 만한 일입니다.

하지만 작품상 수상 자격에 다양성 기준을 추가하는

기계적 접근이 과연 상황을 개선하는 해결책이 될 수 있는지는 의문입니다. 거꾸로 말하면 그런 기준이 없어도 「기생충」은 성공했기 때문입니다.

요즘에는 다양성이라는 말이 우상이 된 것처럼 보이기도 합니다. 삶의 입체적인 면모를 고려하지 않고 교조적으로 강요되며, 누군가를 단죄하고 배제하는 데 유용한 도구로 활용됩니다. 정작 더불어 살아갈 수 있는 내일을 만들어나가는 데에는 해를 끼칠 때도 있습니다.

다양성 기준을 충족해야 작품상을 받을 수 있다가 아니라, 백인이든 아니든 간에 상관없이 작품이 좋으면 작품상을 받을 수 있다가 되어야 하는 게 아닌가. 그런 생각을 해보았습니다.

「뉴스룸」은 에런 소킨이 만든 미국의 드라마입니다. 제목 그대로 뉴스를 만드는 사람들에 관한 이야기입니다. 거기 이런 이야기가 나옵니다. 하원의원이 쇼핑몰에서 총에 맞아 병원에 실려 갔다는 소식이 뉴스 팀에 들어옵니다. 빠르게 각자의 자리로 흩어져 경찰, 검찰, 지역 취재원 들에게 전화를 돌리며 진상을 파악하고, 10분 후 속보를 준비합니다.

속보가 시작되고 앵커가 뉴스를 진행하는 사이 한 언론사에서 사망 속보가 뜹니다. 그리고 뒤이어 굵직한 경쟁 언론사들이 앞다투어 사망 속보를 타전합니다. 그러나 뉴스 팀은 사망 속보를 전하지 않습니다. 책임 있는 보도가 가능할 정도의 사실 확인이 되지 않았기 때문입니다.

급기야 사장이 뛰어 내려옵니다. 다른 언론사들은 모두 사망 속보를 보도하고 있는데 왜 우리만 하지 않느냐고 분통을 터뜨립니다. 그러자 PD가 사장에게 말합니다. "사망 선고는 의사의 일이지 뉴스의 일이 아닙니다." 결국 사망 속보는 오보였습니다. 오직 원칙을 고수한 뉴스 팀만이 수많은 언론사 가운데 유일하게 오보를 전하지 않았습니다.

어쩌다 추측과 예언이 우리 언론의 민낯이 되어버린 걸까요. 추측과 예언이 들어맞으면 언론은 자기 역할을 한 것일까요. 그게 언론일까요, 토토일까요. 언론의 역할을 다시 한번 환기해보았습니다.

규칙이 삶을 담아내지 못하는 경우를 종종 봅니다. 현실에서 벌어지는 일은 예상치 못할 정도로 입체적인데 오래전에 쓰여진 규칙은 그런 다양한 삶의 양태를 예상하지 못합니다. 위기 상황이 닥쳤을 때 현실을 고려하지 않고 규칙만을 고수하거나 주장하다 보면 양손으로 움켜쥔 모래처럼 손바닥 사이로 줄줄 흘러내리는 현실을 목격하게 됩니다.

그럴 때는 참 답답합니다. 마침 이럴 때 딱 인용하기 좋은 구절이 성경에 있습니다. 누가복음 14장 5절에 "아들이나 소가 우물에 빠졌으면 안식일에라도 곧 끌어내지 않겠느냐"라는 말씀입니다. 규칙만 고수하는 답답한 율법학자들에게 하신 말씀이지요. 저는 그 구절을 볼 때마다 이렇게 말씀하시지 않았을까 상상하면서 읽습니다. "야, 아무리 안식일이라고 해도 애나 소가 웅덩이에 빠지면 그걸 끌어내겠니 안 끌어내겠니, 생각이라는 걸 좀 해봐라." 지혜롭습니다.

우리는 규제나 원칙 없이도 모두가 도덕과 윤리를 좇는 사회를 꿈꿉니다. 하지만 꿈일 뿐이지요. 인간의 본성에 위배되기도 하고요. 이를 막으려고 인류는 역사를 통틀어 여러 가지 이름의 시스템을 만들어왔습니다. 종교가 선악의 개념과 사후 세계의 징벌이라는 아이디어를 도입해 도덕적 삶을 유도했습니다. 철학은 윤리적 삶이 어떻게 개별의 삶에 이로운가에 관해 논리적으로 규명했습니다.

가장 최신 발명품은, 정치입니다. 한 사람 한 사람의 개인윤리에 기대지 않고도 사회적 차원에서 최소한의 공공선이 실현될 수 있도록 큰 틀의 규칙을 만드는 것. 잘 안 되면 고치고 정비해서 시스템을 만들어내는 것. 그것이 정치입니다.

부동산 문제가 되었든 특권의 문제가 되었든, 시대와 정권과 정당을 가리지 않고 늘 되풀이되는 특정한 문제들을 보고 있으면 그래서 답답합니다. 개인윤리 없이도 굴러갈 수 있는 규칙을 만들어 시스템을 선순환시켜야 할 사람들이 규칙을 만들지는 않고 매번 소모적으로 서로의 개인윤리를 따져 나는 능력이고 너는 꼼수라며 내로남불을 하고 있기 때문입니다.

왜 공직자의 자격, 공천의 자격에 우리가 공인들에게 요구하는 원칙과 규칙이 빠져 있을까요. 그런 규칙을 만들면 지금 정치에 몸담고 있는 상당수가 자격을 잃기 때문입니다. 공익을 위해 헌신하겠다는 약속 사이에 '내 사사로운 이익에 위배되지 않는다면'이라는 말을 숨겼기 때문입니다. 그러니까 사안이 등장할 때마다 그저 인신공격이나 정쟁의 수단으로만 이용되는 것이겠지요.

정치인들은 시민이 다른 시민을 향해 삿대질하는 걸 부추기는 방식으로 정작 자신은 책임을 회피해왔습니다. 그러나 시민은 바보가 아닙니다. 대체 언제까지 그런 처세술이 먹힐지 두고 봅시다.

우주를 아우르는 영적 질서가 존재하는지. 생명을 창조한 인격신이 존재하는지. 저는 알지 못합니다. 그저 역사 속에서 사람이 만들어낸 가장 뛰어난 생각들이 나보다 거대한 무언가가 존재한다는 믿음 위에 이룩되었기에, 여러 종교에 호의를 가지고 공부하고 있습니다. 그런데 그 좋은 생각들이 유독 우리나라에만 오면 소위 기복신앙이 되어버리는 모습에 안타까운 마음을 금할 수 없습니다.

세상에 참 많은 종교가 있습니다. 그 모든 경전 속에서 서로 다른 이름의 신들이 공통적으로 가지고 있는 가장 큰 덕목은 공정함입니다. 인간의 힘으로 미루어 짐작할 수 없이 거대하고 완전한 공정함입니다. 돈으로 복과 구원을, 평안과 행복을 살 수 있다는 기복신앙의 아이디어는 공정함과 아무런 상관이 없습니다. 돈과 행운을 교환하는 신이 어떻게 공정할 수 있겠습니까. 매대 위에 평화를 진열하고 판매하는 신이라면 더 이상 신이 아닙니다. 그걸 오직 나를 통해서만 구입할 수 있다며 판촉을 하는 현자는 더 이상 현자가 아닙니다.

단지 종교 이야기만은 아닙니다. 세상을 살아 보니 그런 사람들이 너무 많습니다. 신을 대리한다는 가짜 사제들이 돈과 행운을 교환하는 동안, 정의와 상식은 오직 나를 통해서만 거래할 수 있다는 자들이 넘쳐나고 있습니다. 그들은 시대의 지성을 자처하며 우상이 되는 데 주저함이 없습니다. 의지할 곳이 필요하고 내가 믿는 게 옳다고 말해줄 사람이 필요한 사람들의 약한 구석을 공략하는 겁니다.

　현혹되어선 안 됩니다. 지푸라기를 잡는 심정으로 그런 자들에게 귀를 기울여선 안 됩니다. 저는 실패했습니다. 그리고 오랫동안 휘둘리며 살았습니다. 정의와 상식에 대해 잘 알고 있다고 말하는 자를 믿어선 안 됩니다. 오직 정의와 상식을 고민하고 추구하는 사람이 되어야 합니다. 당신은 달랐으면 합니다. 당신이 충분히 많이 읽고 많이 듣기를 바랍니다. 그래서 우상을 구분할 수 있는 맑은 눈과 밝은 귀를 갖는 행운을 누리길 바랍니다.

부처님 오신 날에 작은 소동이 있었습니다. 조계사 앞에 개신교인들이 몰려와 피켓을 들고 시위를 하며 찬송가를 부른 겁니다. 이들이 들고 있던 피켓에는 '불교에는 구원이 없다' '예수천국 불교지옥' '불교는 가짜다'와 같은 문구가 쓰여 있었습니다. 드문 일은 아닙니다.

개신교인들이 법회나 시설물에 접근해 소란을 피우고 불상을 훼손하는 일은 오래전부터 비일비재했습니다. 이에 한 개신교 시민단체가 당시 조계사 앞에서 소란을 피운 개신교인들을 직접 고발하고, "소란을 피운 자들이 명망 있는 세력은 아니지만, 그간 개신교인들의 행태로 보면 대표성을 띤다고 할 수 있다"며 불교계에 사과했습니다.

유대인에게 메시아란 다윗처럼 이교도와 이민족을 없애고 왕국을 건설하는 지도자를 의미했습니다. 그런데 어느 날 이웃을 사랑하는 것이 가장 중요하다고 말하는 예수가 나타났지요. 그들은 예수가 말하는 이웃의 범주에 여성과 이민족과 이교도와 사마리아인 같은 혐오계층까지 포함된다는 걸 알고 분노했습니다.

분노는 혐오와 선동과 박해로 이어졌고 결국 예수의 죽음을 낳았습니다. 내가 옳다는 신념체계를 구축하는 것과 너는 그르다는 확신을 갖는 것 사이에서 무게중심을 찾지 못한다면 신념도 확신도 모두 광기에 불과합니다. 모든 종교와 철학이 몰두하는 가장 중요한 정수가 바로 그 무게중심입니다.

그날 피켓을 들고 있던 이들이 예수와 함께하는 사람과 예수를 죽인 사람 가운데 어느 쪽을 더 닮아 있는지. 성경을 한 번이라도 읽어본 사람이라면 어렵지 않게 대답할 수 있을 것 같습니다.

국정감사에서 반말 논란이 있었습니다. 나이가 어린 의원이 질의하는 동안 마흔 살 이상 연장자인 답변자가 실수로 반말을 했다는 건데요. 문득 나는 요즘 어떻게 하고 다니더라, 싶더군요. 나이를 먹다 보니 사회에서 열 살, 스무 살 차이 나는 사람을 자주 만나게 됩니다. 어떻게 대하면 적정한 수준에서 상대가 좀 더 편하게 생각할까 고민해보았습니다. 아마 저만의 고민은 아닐 겁니다.

단지 나이가 많다는 이유로 불쾌하게 구는 사람을 만나본 기억이 누구나 있겠지요. 그렇다면 나는 그렇게 하지 말아야겠다는 생각도 하게 됩니다. 저도 그런 사람이 주변에 있습니다. 통성명도 안 했는데 단 한 번도 제 인사에 존댓말로 대답한 적이 없어요. 그래서 볼 때마다 허리를 더 숙입니다. 누가 이기나 볼 작정입니다.

더 많은 경험이 바탕에 있으면 당연히 알고 있을 법한 것들이 있습니다. 그걸 전혀 이해하지 못하고 따지듯이 물어오는 사람을 마주하면 어떻게 하는 게 가장 적절한 대응일까요. 저는 그럴 때마다 떠올리는 소설

속의 구절이 있습니다. 아이작 아시모프의 소설 『파운데이션』에서 현명한 권력자인 샐버 하딘이 하는 이야기입니다.

"젊은 사람을 다루는 데에는 아첨이 필요하지 않은가. 그렇게 할 책임이 없는 경우에는 더욱더 그렇지."

칭찬과 인정해주는 문화가 절대적으로 부족한 나라에서 청년에게 자존감이 부족한 건 당연한 게 아닐까. 칭찬과 인정이 없는 세월을 견디며 생존한 어른이라면 오히려 더 수월하게 청년의 부족한 자존감을 배려할 수 있지 않을까. 그런 생각을 해보았습니다.

병역은 우리나라 국민의 4대 의무 가운데 하나입니다. 몸 건강한 남성은 가장 젊고 눈부신 나이에 군대에 가서 일정 기간 병역을 수행합니다.

모두 가는 건 아닙니다. 수상한 사유로 면제를 받는 이들이 있습니다. 또 어떤 사람들은 뛰어난 성과를 이유로 병역을 면제받기도 합니다. 이상한 일입니다. 개인의 영광이고 수익인데 국가가 끼어들어 선물을 주겠다고 합니다. 그런 이들이 면제를 받았다는 말을 들을 때마다, 면제라는 단어의 숨은 함의를 되새길 때마다, 한국 사회에서 병역이 일종의 징벌로 기능하고 있다고 느낍니다. 큰 성취도, 법을 어길 의지도 없는 그냥 보통 사람이 반드시 감수해야 하는 징벌 말입니다. 원죄 같은 것이겠지요. 그래서 유명인의, 금메달리스트의 군면제 이야기가 거론될 때마다 생각이 복잡해집니다. 높은 수익과 순위와 메달로 원죄를 탕감한 사람만이 이 징벌에서 자유로울 수 있습니다. 결코 공정하지 않습니다.

근본적인 문제로 돌아가봅시다. 애초 이렇게 공정함에 관한 감각이 오염되고 훼손된 것은 무엇 때문일까요.

적절하지 않은 방법으로 병역을 회피하는 사람들 때문에 시작되었습니다. 법을 악용하는 사람들이 군대에 가지 않는 동안 법을 준수하는 사람들이 군대에 가서 빈자리를 채웁니다. 그리고 누구에게도 칭찬받지 않는 일에 삶의 가장 빛나는 시간을 희생합니다. 그렇게 비겁한 방식으로 의무를 외면한 이들이 지금 우리 사회 곳곳에 탄탄하게 자리잡고 있습니다.

병역은 대한민국 군대에서 대단한 걸 배워오기 때문에 중요한 게 아닙니다. 헌법 앞에 모든 이는 동등한 권리와 의무를 갖는다는 원칙 때문에 중요합니다. 원칙이 없으면 우리는 아무것도 아닙니다. 그런 원칙을 피해간 사람일수록 안보에 대해 서슬이 퍼렇고 강경합니다. 정작 중요한 책임과 희생을 치러본 일이 없으나 알량한 용맹함을 증명하고 싶어 하는 자들의 자존심 때문에 젊은이들이 사지로 내몰립니다. 청년의 생명과 시간이 판돈으로 내걸리는 걸 바라보는 건 불쾌한 일입니다. 내가 얼마나 강경한지 증명하는 데 골몰하기보다 우리 공동체를 염려하는 이들이 함께할 때. 정직하지 않은 면제와 회피가 원천적으로 봉쇄될 때. 그때 비로소 가장 아름다운 시간을 희생한 우리의 자존감도, 공정함에 관한 감각도 회복될 것입니다. 부디 모든 국군장병이 건강하게 전역하기를 빌며.

요즘 틈날 때 「웬만해선 그들을 막을 수 없다」를 다시 보고 있는데요. 오래전에 봤던 건데도 참 재미있네요. 소시민의 평범하고 겸허한 보통의 삶, 이런 건 더 이상 우리 대중문화 안에서 찾아보기 어렵습니다. 전에는 많았습니다. 「한지붕 세가족」이나 「전원일기」「대추나무 사랑걸렸네」「파랑새는 있다」와 같은 드라마 말입니다. 함께 공감하고 응원하고 내가 가진 것들을 고맙게 만드는 이야기들이 자취를 감춘 자리에, 함께 미워하고 매도하고 힐링이라는 말로 눈앞의 현실을 회피하고, 내가 가지지 못한 것들로 스스로를 평가하게 만드는 이야기들만이 남았습니다. 사라진 모든 것들이 아름답지는 않습니다. 다만 가장 아름다운 것들은 대개 사라진 것 같습니다. 우리 삶에서 그렇게 사라져버린 것들에 대해 생각해봅니다.

어디서 사는 게 중요한 게 아니라, 어떻게 사는 게 더 중요하다는 오래된 조언이 있습니다. 그게 옳은 말이라는 걸 모르는 사람은 없을 것 같습니다. 다만 현실 위에서 그런 생각은 자꾸 허물어집니다. 어떻게 살든지 어디서 사는 게 사실 더 중요한 게 아니냐는 의문이 들 때가 많습니다. 여러분도 그럴 겁니다.

다만 믿고 있습니다. 소박한 곳에 머물든 화려한 곳에 기거하든 상관없이 어떻게 사는지가 훨씬 중요하다 여기는 사람이 있다는 걸. 그런 이들은 삶 속에서 더 충만한 평안과 복을 누리게 될 것이라는 걸. 비록 그게 당장 겉으로 드러나 다른 사람의 눈에 보이지 않더라도 말입니다.

나를 키운 건 8할이 만화책이다. 저는 감히 그렇게 말할 수 있습니다. 고된 한 주를 마감하고 늦잠을 자다 일어나면, 천장을 바라보며 방세와 등록금과 생활비를 월급과 견주어 계산하다가 어김없이 슬리퍼를 신고 만화책을 빌리러 갔습니다.

　이토 준지를 만났을 때는 세상에 저처럼 꼬이고 정신 나간 사람이 여기 또 있구나, 탄성을 질렀습니다. 김수박을 만났을 때는 사람이 사람답게 살아간다는 게 대체 얼마나 어려운 일인지 생각에 빠졌습니다. 윤태호를 만났을 때는 힘 있는 이야기의 기초에 반드시 성실하고 치밀한 취재가 있다는 걸 배웠습니다. 만화책에서 무슨 대단한 지혜를 얻을 수 있겠냐고 반문하는 사람도 있을 겁니다. 전혀 그렇지 않습니다.

　지혜란 책 속의 정보 값에서 얻어지는 게 아닙니다. 저자의 아이디어와 내 생각이 만나 동의와 비판의 과정을 거치면서 생기는 겁니다. 사유라는 말이 어렵게 느껴지지만 고전을 붙잡고 끙끙대야만 사유를 할 수 있는 게 아닙니다. 만화책을 통해서도 얼마든지 가장 깊고

290

넓은 생각의 끝에 닿을 수 있습니다.

제가 어렸을 때는 5월마다 불온서적을 금지한다는 명목으로 만화책을 쌓아놓고 불태우고는 했습니다. 세계를 통틀어 우리 시대 가장 위대하고 특별한 창작자들 가운데 만화책과 싸구려 대중문화의 세례를 받지 않은 사람은 드뭅니다. 자녀들이 만화책을 사거나 웹툰을 구독할 수 있게 용돈도 주시고, 응원도 해주세요. 기회가 되면 같이 읽고 대화를 하는 것도 좋습니다. 과외나 학원보다 훨씬 더 훌륭한 경험이 될 겁니다.

　　　　　보통 만화의 연재가 늦어지면 재촉을 하게 되기 마련이지요. 좋아하는 만화라면 더욱 그렇고요. 하지만 연재가 늦어져도 괜찮으니 그저 건강을 돌봤으면 좋겠다는 마음을 가지게 만드는 작가가 있었습니다.

　89년에 연재를 시작하여 여태까지 계속 같은 작품을 그리고 있었던 작가는, 다른 작가가 한 권에 기울일 작업량을 단 한 컷에 쏟아부으며 오랜 시간 동안 버텨왔습니다. 조수를 고용해도 번번이 도망가 버리고 혼자 남기 일쑤였습니다. 작화의 완성도에 관한 그의 높은 기준을 따라갈 능력이 있는 직원이라면 이미 조수를 할 필요가 없기 때문입니다.

　대학을 졸업하고 거의 곧바로 이 작품에 뛰어들었기 때문에 만화를 그리는 일 이외에는 해본 것이 없었습니다. 결혼도 하지 못했고 자식을 갖는 기쁨을 누리지도 못했으며 건강 또한 챙기지 못했습니다. 다만 그가 평생을 다해 그리겠다 마음먹은 작품을 한 페이지씩 완성해 나가는 일에 온전히 투신했습니다. 그리고 한 사람에게서 나왔다고는 믿을 수 없는 초월적인 의지와 끈기를 붙들고 끝내 스스로를 증명해냈습니다. 이제는 더 이상 증명할 게 남지 않았습니다. 이미 오래전부터 그랬습니다.

어떤 창작자도 그의 길을 따르지 않기를 바랍니다. 다만 모든 창작자는 그의 길을 흠모하고 사랑할 겁니다. 결국 완결되지 못했으나 완벽이란 결말이 아닌 과정에 달려 있음을 입증한 만화 『베르세르크』의 작가 미우라 켄타로의 명복을 빕니다.

인류 최초의 인공위성은 소련의 스푸트니크 1호입니다. 미국은 경악했습니다. 이를 스푸트니크 쇼크라고 합니다. 이에 미국과 소련 사이에 우주 경쟁이 본격화되었고, 결국 미국의 아폴로 11호가 달에 먼저 도착하면서 승부가 났습니다. 10년이 조금 넘는 이 기간 동안 인류의 과학기술은 그야말로 눈부시게 발전했습니다.

그 가운데 우리가 잊지 말아야 할 이름이 있습니다. 라이카입니다. 라이카는 모스크바의 떠돌이 개였습니다. 스푸트니크 2호에 탑승했고 위성 궤도까지 도달한 최초의 개로 기록되었습니다. 우리는 우주 공간에서의 생명 반응과 관련해 귀중한 데이터를 얻을 수 있었습니다. 라이카는 실험 네 시간 만에 고열과 스트레스로 죽었습니다.

라이카는 인류가 거대한 도약을 할 때마다 미처 신경 쓰지 못했던, 얼핏 사소하지만 그렇기 때문에 오히려 가장 중요한 희생들의 다른 이름이라고 생각합니다. 그 희생들에 관해 자주 떠올립니다. 라이카를 소재로 하는 게임 음악이 있습니다. 저는 이 노래를 들을 때마다 이상하게 엉엉 울게 됩니다. 노랫말은 이렇습니다. "반가워요 여러분, 저는 우주개예요. 이 여정은 오랜 시간이 걸릴 거예요. 절 잊지 말아주세요 여러분. 저는 우주개예요. 언젠가 별 조각을 가지고 지구로 돌아갈 거예요."

몇 년 전의 일입니다. 제가 무척 좋아하는 데님 셔츠가 있습니다. 꽤 오래 입어서 찢어진 곳도 있습니다. 하지만 괜찮은 걸 사서 오래 입자는 주의이기 때문에 10년 넘게 잘 입고 있습니다.

어느 날 아침 나가려고 셔츠를 찾아 입으려다 그대로 얼어붙었습니다. 셔츠의 단추가 모두 채워져 있었습니다. 셔츠를 마지막으로 입은 건 1주일 전입니다. 저는 옷을 벗어 옷장에 넣어둘 때 단추를 모두 채우는 귀찮은 일 따위는 결코 하지 않습니다. 혹시 내가 모르는 사이 누군가 들어왔던 건 아닐까. 도둑인가. 외계인인가. 조상님인가. 평행우주의 나인가. 우렁각시인가. 귀신인가. 별생각이 다 들었습니다.

그렇게 며칠을 끙끙 앓다 어느 순간, 그냥 고민을 놓아버렸습니다. 추측에 추측을 더해 아무리 따져본다 한들 결국 알 수 없는 일이기 때문입니다. 그렇게 놓아버리고 나니까 꽤 편해졌습니다.

살다 보면 이해할 수 없는 일이 벌어집니다. 이해할 수 없는 일은 우리를 고통스럽게 합니다. 이해할 수 없

296

는 일을 이해할 수 없는 상태 그대로 내버려둘 수 있는 태도야말로 어쩌면 삶을 살아나가는 데 가장 중요한 재능 가운데 하나일지 모르겠다, 그런 생각을 해보았습니다.

여러분은 수박 먹을 때 어떻게 드시나요. 모양 반듯하게 잘 잘라서 드시나요. 저는 반으로 쪼갠 다음 숟가락으로 퍼먹습니다. 저는 수박 귀신입니다. 빨리 먹어치우고 싶고 어차피 혼자 먹을 건데 굳이 수박 물 튀어가며 잘게 자르는 게 귀찮아요. 참 비효율적이지 않나요.

그러다 몇 해 전 생각이 좀 바뀌었습니다. 매번 그렇게 차가운 수박을 허겁지겁 퍼먹다가 체했습니다. 수박이라는 게 더운 여름날 짬을 내어 그늘에서 쉬어가듯 휴식과 여유를 즐기며 먹는 것이고, 손으로 한 조각씩 집어 먹도록 자르는 것도 찬 것을 급하게 먹지 말라는 이유와 생각이 담긴 것일 텐데 내 멋대로 효율을 따졌으니 이런 탈이 나도 이상하지 않다. 반성했습니다.

그런 일들이 종종 있는 것 같습니다. 집안에 중대사가 있어 이럴 때는 어떻게 하는 건지 옛 방식을 찾아보는 일. 회사의 기안 양식을 처음 보고 이것이야말로 관료제의 폐습이고 비효율의 정형이라 생각했다가 시간이 흐른 뒤에야 그게 그렇게 정해진 것에는 충분한 맥

298

락과 이유가 있다는 걸 깨닫게 되는 일 말입니다.

　물론 말 그대로 권위 그 자체를 위해 만들어진 규칙들도 많습니다. 아닌 것들 또한 많다는 걸 알아채기까지 경험과 겸손한 마음, 그리고 시간이 필요하다는 것이지요. 올해 수박은 언제부터 먹을 수 있으려나요. 이번에는 정말 예쁘게 잘라봐야겠습니다.

일요일 냄새가 나는 것들이 있습니다. 일요일이면 늘 엄마가 만들어주었던 카레에서 일요일 냄새가 납니다. 일요일이면 늘 TV에서 방영해주었던 더빙 외화에서 일요일 냄새가 납니다. 일요일이면 늘 동네 어디서든 들려오던 씨름 경기 중계 소리에서 일요일 냄새가 납니다.

이제는 우리 일상에서 거의 자취를 감춘 것들이네요. 그래서 그런지 별맛이 없는 카레라도 저는 맛있게 먹고, 별 재미없게 보았던 영화라도 더빙이 되어 있으면 한 번 더 보고, 인터넷에서 김연자 님의「천하장사」노래를 찾아 반복해서 듣게 됩니다.

일요일 냄새는 몸과 마음을 편안하게 만듭니다. 일요일 냄새는 오늘 하루 너는 그래도 괜찮다고 말해주는 것 같습니다. 일요일 냄새는 책임질 것이 아무것도 없었던 시절처럼 따뜻합니다. 여러분에게도 여러분만의 일요일 냄새가 있겠지요. 일요일이 돌아오면. 그 냄새의 기억을 따라가보는 것도 좋겠습니다.

"어렸을 때는 새해가 오는 것을 매우 기뻐했지만, 점차 나이를 먹으면 모두 서글픈 마음이 드는 것은 무엇 때문인가?" 조선의 어떤 왕이 과거시험에 출제했던 문제입니다. 누구일까요. 광해군입니다. 뭔가 자신도 답을 모르는 문제를 학생들에게 출제하는 교수님 보는 것 같기도 하고, 그 주인공이 다른 사람이 아닌 광해군이라는 사실에 마음이 무거워지기도 하고, 그렇습니다. 광해군은 결코 좋은 왕이 아니었습니다. 하지만 그가 이른 나이에 어른이 되어야 했고, 동시에 너무 많은 걸 감당하고 분투해야 했었다는 것 또한 사실이지요. 그래서 저 질문은 애절합니다. 아마도 그는 연기처럼 짧고 무상하게 사라져버린 유년 시절이 그리웠던 모양입니다.

어린이날이 오는 걸 손꼽아 기다렸던 게 언제가 마지막이었는지 기억이 나지를 않습니다. 더 이상 어린이가 아닌 누군가에게는 별 의미 없는 휴일일지 모릅니다. 하지만 하늘도 평소보다 조금 더 오래 바라보고, 땅도 평소보다 조금 더 가까이 붙어서 내려다보고. 그렇게 어린이와 같은 마음으로 세상을 돌아볼 여유와 평정을 찾는 하루가 될 수 있다면. 그렇다면 꼭 어린이가 아니더라도 기다릴 수 있는 하루가 아닐까요.

앞서 말씀드린 과거시험에서 급제한 문장은 이렇습니다. 이명한의 답안입니다. "인생은 부싯돌의 불처럼 짧습니다."

고통에 잠식되어 있을수록 눈앞의 일에 사로잡히지 않고 평정심을 유지하는 노력이 필요합니다. 그리고 언젠가 반드시 희망이 있는 삶을 회복할 수 있다는 믿음이 필요합니다.

자주 떠올리는 말이 있는데요. 구미호가 결코 사람이 되지 못하는 이유는 하루를 기다리지 못하기 때문이라는 말입니다. 눈앞의 고통에 과몰입하면 평시에 충분히 해결할 수 있었던 일을 이기지 못하고 내 안에 쌓인 분노를 엉뚱한 주변에 쏟게 됩니다. 그런 종류의 분노는 우리가 지난 시간 셀 수 없이 많은 비극을 보고 겪으며 확인했듯, 나와 타인의 삶을 영영 망칠 수도 있습니다.

고통은 구체적이지만 희망은 관념적이지요. 고통은 실체가 또렷하지만 희망은 흐릿합니다. 하지만 손에 잘 잡히지 않는다고 해서 그 존재를 부정해서는 안 됩니다. 그러면 정말 사라지고 맙니다. 저는 희망이 고통에 대한 반사작용과 같은 것이라고 생각합니다. 고통이 있으면 거기 반드시 희망도 있습니다. 그럼에도 희망이 잘 보이지 않는 이유는 평정을 잃었기 때문입니다. 평

303

정을 찾아 희망에 닿기 위해선 이미 벌어진 일에 속박되지 않고 감당할 줄 아는 담대함, 그리고 타인을 염려하고 배려하는 마음이 필요합니다. 누구나 가지고 있는 마음입니다. 찾을 수 없어도 괜찮습니다. 사라진 게 아니라 다만 잠시 희미해졌을 뿐입니다. 나의 일을 감당하고 남의 일을 염려하다 보면 반드시 평정에 이를 수 있습니다.

여러분 모두 내 안의 평정과 균형을 회복할 수 있는 밝은 여백을 만나기를 바라며.

이야기를 정리해야 하는 대목에 이르면 언제나 기분이 복잡합니다. 지난 몇 해는 소란스러웠습니다. 절망과 희망, 파괴와 회복, 혼돈과 질서가 공존했습니다. 몇 해 전 저는 아침을 병원이 아닌 일상에서 시작할 수 있다는 사실에 감사했습니다. 지금 저는 지난 시간 훌륭하게 버텨온 우리 주변의 아름다운 이웃들에게 감사하고 싶습니다.

마지막으로 알렉상드르 뒤마의 소설 『몬테크리스토 백작』을 인용하려 합니다. 이야기의 끝자락. 여기 어둡고 지친 과거를 아직 씻어내지 못한 채 주저하고 있는 막시밀리앙이 있습니다. 그가 방황하고 있을 때 몬테크리스토 백작의 편지가 도착합니다. 몬테크리스토 백작. 절망뿐이었던 과거의 망령과 복수심으로부터 벗어나 드디어 지금 이 순간을 살아갈 능력을 회복한 남자. 현재를 살아가며 미래를 꿈꿀 수 있게 된 주인공입니다.

막시밀리앙은 백작의 편지를 읽습니다. 연인과 함께 편지 속 백작의 말을 되새기며 용기를 찾습니다. 그리고 비로소 어제를 이기고 내일을 살아가는 힘을 얻습니다.

백작은 편지를 통해 다음과 같이 말하고 있습니다.

"신이 인간에게 미래를 밝혀주실 그날까지 인간의 모든 지혜는 오직 다음 두 마디에 있다는 걸 잊지 마세요. 기다려라. 그리고 희망을 가져라."

여러분 잊지 마십시오. 땅 위에 나뒹굴어 혀끝에서 흙 맛이 느껴지더라도, 불행에 사로잡혀 잠식당하지 않는 사람만이 회복을 기다릴 수 있습니다. 희망을 부정하지 않는 사람만이 희망을 준비하고 발견할 수 있습니다. 혼자서는 가능하지 않습니다. 몬테크리스토 백작이 막시밀리앙에게 그러했듯, 우리가 서로에게 최소한의 이웃일 때 서로 돕고 함께 기다리며 희망을 가질 수 있습니다. 저는 여러분의 이웃입니다. 여러분이 제 이웃이라 기쁩니다.